As Luas de Vindor

Caio Riter

1ª edição 2010
2ª reimpressão 2016

Copyright © Caio Riter

Capa e projeto gráfico
AlôTodos Comunicação

Revisão
Mariana Mininel de Almeida

Coordenação Editorial
Editora Biruta

1ª edição - 2010 — 2ª reimpressão 2016

Dados Internacionais de Catalogação na Publicação (CIP)
(Câmara Brasileira do Livro, SP, Brasil)

Riter, Caio
As luas de vindor / Caio Riter. – São Paulo: Biruta, 2010.

ISBN 978-85-7848-039-4

1. Ficção - Literatura infantojuvenil
I. Título.

09-12867   CDD-028.5

Edição em conformidade com o acordo ortográfico da língua portuguesa.

Todos os direitos desta edição reservados à **Editora Biruta Ltda.**

Rua Coronel José Eusébio, 95 casa 126
Higienópolis CEP 01239-030
São Paulo – SP – Brasil

Tel (011) 3081-5741 | (011) 3081-5739
E-mail: **biruta@editorabiruta.com.br**
Site: **www.editorabiruta.com.br**

A reprodução de qualquer parte desta obra é ilegal e configura uma apropriação indevida dos direitos intelectuais e patrimoniais do autor.

Cuidado, leitor,

Ao abrir as páginas deste livro, você foi convidado a mergulhar num universo mágico, num mundo de aventuras e de perigos. Para isso, deverá acompanhar a princesa Olívia em sua luta para salvar Vindor, um reino que está em ameaça. E o perigo vem de alguém próximo, alguém que nem Olívia e nem o Sábio conseguem perceber quem é.

Eles necessitam da sua ajuda.

Eles precisam de você.

Olívia era uma jovem comum, como qualquer pessoa de sua idade, de repente, até é parecida com você, tem as mesmas encucações que você, sei lá. Porém, um certo dia, a ela serão ditas palavras as quais a princesa jamais pudera imaginar: palavras que explicam seu passado e que exigem que ela penetre num mundo hostil, a fim de salvar sua terra e as pessoas que nela vivem.

E é na busca da salvação de Vindor, antes que suas três luas se alinhem, que Olívia enveredará pelo território de Bizarra. Lá, encontrará alguns amigos, ficará diante de uma terrível verdade e despertará a ira da Senhora do Baixo e fúria dos Descarnados.

Seguir lendo é aceitar o convite de Olívia.

Eu já aceitei. E você, tem coragem?

Sumário

A REVELAÇÃO	7
A MISSÃO	14
MERGULHO NO ESPELHO	20
PRIMEIROS PASSOS	26
O ENCONTRO COM CEFAS	34
A HISTÓRIA DE BIZARRA	41
NAS CAVERNAS DO LAGO	48
RUMO AOS MONTES	58
A SENHORA NUVOSA	67
AS PROVAS ELEMENTARES	73
A TRAVESSIA PELO BAIXO	82
A BATALHA DO DESPENHADEIRO	91
ENCONTRO COM A VERDADE	98
VINDOR VIVE	107

1

A REVELAÇÃO

No dia em que a vida de Olívia mudará sem que ela saiba, as três luas que iluminam manhãs e tardes em Vindor formam um triângulo, tingindo de tons de vermelho o céu. Um vento quente balança as árvores do jardim do palácio imperial e joga as folhas avermelhadas sobre o gramado: vasto tapete, que se estende até o labirinto de plátanos. É tarde de quase outono. Dia de calor. Dia de acontecimentos inesperados.

Livro na mão, Olívia tenta mergulhar naquele mundo de fantasia, cheio de aventuras nunca vividas, embora no há muito desejo sobreviva dentro dela, provocando uma sensação difícil de conter, basta a noite cair e ela se refugiar em seu quarto. Quer mais do que aquela vida de princesa lhe oferece. Monotonia sem par, uma ou outra festa na corte, em que senhores e senhoras dançam sem alegria, em que as conversas, muitas ciciadas, escondidas, dão conta de um mundo adulto do qual ela não se percebe com vontade de participar. Às vezes, teme-o. Outras, julga-o sem graça qualquer. Refugia-se nos jardins. Ou na biblioteca. Pouco frequentada. E inventa uma outra possibilidade de mergulho na vida, não mais companheira da solidão.

Abre o livro.

Sobre a folha branca, raios avermelhados marcam o papel como se fossem um estranho mapa, veias sanguíneas na superfície toda tatuada de letras. De mundos outros. Ergue os olhos, lá estão as três luas rumando para o alinhamento que todos aguardam com impaciente e temerosa ansiedade. Diz o povo, mesmo com o descrédito de alguns, que as luas de Vindor, as três, quando alinhadas, são sinal de acontecimentos não bons. Olívia não sabe o que pensar, apenas as palavras dos mais velhos, recontadas a partir do escutado: embora perdido o tempo na memória do último alinhamento, houve guerra. E mortes. O próprio reino colocado em risco. É o que dizem os serviçais.

Olívia retorna ao livro. Se voltasse a cabeça, veria que, de uma das janelas do castelo, alguém a observa. Alguém que sabe e até mesmo espera, e deseja, que as luas se coloquem lado a lado. Sabe que delas depende seu domínio, sua força. Alguém que conhece o que ocorreu há mais de mil anos, alguém que possui as palavras certas, que serão ditas na hora precisa, a fim de que as Criaturas do Espelho se curvem diante de seu poder. Este alguém sabe. E aguarda. Certo de que, agora, pouco falta para que o Imperador pronuncie seu último suspiro.

Sabe, sabe sim, e se esconde no anonimato das perfídias, dissimula. Os olhos postos em Olívia. Morto o Imperador, que será feito da garota? Sorri. Bela menina, doce e plena de encantamento em seu livro. Só. Saudade. Mais nada. Desvia os olhos para as luas. As três luas de Vindor, aquelas que propiciarão o ato libertário. Ah, não aguenta esperar. Vontade tem — e, se pudesse, faria — de acelerar a rotação. Mas a espera começa a terminar. A justiça finalmente será feita. Volta-se para o aposento. Na cama, o Imperador respira com dificuldade. Sorri.

Logo tudo será diferente.

Maravilhosamente diferente.

Acabará o tempo em que precisará fingir, disfarçar-se, esconder-se, caminhar por passagens secretas que apenas ele conhece. Apenas ele, conhecimento adquirido no livro. Livro diferente daquele que Olívia agora folheia. Sorri. Sabe que será pleno o seu poder. E para sempre.

Porém, para que a vingança inicie, o Imperador deverá emitir seu último suspiro.

Retira do bolso um pequeno vidro. Dentro, um líquido escuro, denso. Pinga duas gotas no suco que espera na mesinha ao lado da cama do Imperador. Vê a escuridão desaparecer no amarelado.

E sai.

No jardim, Olívia observa a entrada do labirinto. Por um momento, breve momento, parece ter vislumbrado uma sombra. Um rosto à espreita, um rosto a espioná-la. Bobagem. Ted? Gostaria que fosse. Mas quantas luas ainda teriam de passar para que Ted retornasse a Vindor? Mergulha na leitura, alheia ao copo de suco que aguarda o despertar do Imperador. São as gotas derradeiras, as últimas, aquelas que acumularão no corpo de seu pai a quantidade necessária de veneno que retirará de seu rosto as cores da vida.

Porém, Olívia nada sabe.

Nada sabe de intrigas palacianas. Pouco conhece do passado de seu reino ou dos seres fantásticos que habitam o Espelho. E que querem sair. Basta as luas se alinharem. E agora falta pouco.

Olívia não sabe. Não sabe que saberá.

Por isso, descansa os olhos sobre as páginas que vão povoando-lhe a mente com aventuras jamais experimentadas.

Ouve passos às suas costas. Volta-se. Ninguém.

Todavia, aos poucos, meio esfumaçada, a imagem do Sábio vai materializando-se em sua frente. Vê os olhos claros, quase amarelos; o rosto tecido de rugas; a calva pontuda; a barba branca, densa. O sorriso. Meio triste.

— Olívia-princesa.

Ela fecha o livro, volta-se para o Sábio. Sabe que ele é capaz de viagens holográficas: o corpo se transfigura e dissolve-se, graças ao poder da mente do velho mago, compondo-se onde e quando ele quiser. Olha-o com carinho.

— O que o fez sair do palácio, Sábio?

— Paredes têm ouvidos. Isso aprendi com meus pais, antes mesmo de trilhar os caminhos da sabedoria maior. E o que venho revelar, Olívia-princesa, são verdades que talvez ainda não encontrem razões e sentidos em seu jovem coração. Mas precisam ser ditas.

— Você me assusta, assim. O que está havendo? — Olívia ergue-se, olhos postos no rosto do Sábio, olhos voltados para a janela do quarto do Imperador. — Algo com meu pai?

O Sábio fecha brevemente os olhos numa afirmação.

— Por pedido mesmo do Imperador, seu pai, muitas coisas ficaram ocultas pelo véu da não sabedoria. Mas a hora é chegada. Veja as luas de Vindor. Logo o alinhamento ocorrerá.

— Sim, mas e aí? O que o alinhamento tem a ver com meu pai?

— Tudo. Mas ele mesmo é que lhe revelará os destinos que a esperam, Olívia- princesa. A hora é esta. Tudo traçado já está.

O homem estende a mão, e Olívia a segura. Contato quase de seda.

— Venha — diz o Sábio.

Olívia não crê. É a primeira vez que é convidada para fazer uma viagem daquelas. Prerrogativa concedida a poucos. Coração disparado, segura firme, o quanto é possível, a mão do Sábio. Percebe o jardim esfumaçando-se vagarosamente: o labirinto, os canteiros, os plátanos, as luas vermelhas, ao mesmo tempo em que vai solidificando-se diante de si o aposento imperial. Cortinas pesadas, a grande cama, o pai, as três pessoas ao redor do leito real. Olhos de tristeza.

Viagem concluída. Respiração ofegante, a mão do Sábio sobre seu ombro. A voz mansa: — Você fez a primeira travessia. E saiu ilesa. Agora, vá até seu pai. E tudo saberá.

Olívia firma os pés sobre o piso de mármore branco. Observa os olhos dos acompanhantes de seu pai fixos nela, como se aguardassem uma reação: a rainha Mia, o ministro Vert e o Bobo. Mia lhe sorri aquele mesmo sorriso que Olívia tanto repudia, desde que, após a morte de sua mãe, o pai resolveu desposar a dama de companhia da rainha. Lembra que jamais pôde, por mais esforço que fizesse, ver em Mia alguém em quem pudesse confiar. Agora, mais ainda. Há algo naquele quarto que apavora Olívia, que faz seu corpo estremecer. Aqueles olhos. Volta-se e percebe no rosto seguro do Sábio um conselho.

Corre ao abraço do pai. Um beijo na testa.

— Minha filha — diz a débil voz. Outrora rígida, forte, determinada.

— Você está bem, pai?

— Você está bem, rei? — repete Nardo, o bobo. Contorce a boca, querendo fazer graça.

— Quieto — diz o Sábio. — O momento não é para brincadeiras, Nardo. Coisas sérias, bastante sérias, hão de vir. E todos nós estamos bem no meio delas.

O bobo baixa os olhos, defende-se.

— Mas eu só queria brincar. Alegrar — afasta-se do leito.

O Imperador levanta os olhos. Fala.

— Saiam todos, por favor. Quero ficar apenas com minha filha.

Mia, antes de se afastar, passa a mão, gesto de carinho, nos cabelos brancos do Imperador. Depois, os três, em silêncio, deslocam-se para a porta. O ministro Vert é o último a sair. Antes de fechar a porta, indaga se o Sábio não deixará o aposento.

— Não — diz o Imperador. — O Sábio ficará.

E mal a porta se fecha, o Sábio aproxima-se de Olívia e do Imperador. Pela janela, o céu tingido de vermelho revela as luas de Vindor. A hora se aproxima.

Olívia fita o pai, vê naquele rosto um cansaço demasiado, vê que a vida parece querer escapar-lhe. Mas ele luta, ela sente.

— Houve uma época, Olívia, há muitos anos, anos já perdidos na memória da maioria das pessoas que habitam Vindor, em que nós vivemos uma grande e terrível batalha. Houve mortes em demasia. Houve dor e sofrimento.

— Sei, pai, os serviçais comentam, mas pouco revelam. É verdade mesmo?

— Sim, minha filha. E a dor está para reinar novamente. Mas, ouça, meu tempo é pouco, sei que é pouco, por isso a chamei aqui. É preciso que você, Olívia, minha herdeira, saiba do risco que Vindor corre. Escuta. Escuta bem tudo o que vou relatar: há mais de mil anos, Vindor era habitado por dois povos: nós, os humanos, e as Criaturas, seres translúcidos, feitos de ar e água. Era época de paz, de convívio mútuo. Mas a cobiça e o desejo de poder disseminaram a discórdia entre esses dois povos, antes amigos. E uma noite houve em que as Criaturas, seres meio animais, e metamórficos, invadiram o reino dos humanos. Foi batalha de muito longeva. Mães perderam filhos, esposas perderam seus maridos, crianças ficaram órfãs. Após muita luta, o Imperador Amarelo, nosso ancestral, liderando todas as forças humanas e mágicas rechaçou os invasores, encarcerou-os no interior do Grande Espelho e lhes impôs a tarefa de repetir todos os atos dos homens. Tirou-lhes a força e reduziuos a meros reflexos servis. Por isso que hoje, se você se olhar no espelho, em qualquer espelho, menos em um, é verdade, verá uma Criatura disfarçada. Ela parecerá você, repetirá seus gestos, suas expressões, mas não é você. É apenas um arremedo de ser humano. Um prisioneiro do Espelho. Um simulacro.

Olívia, se não fosse seu pai a contar aquela estranha história, tendo por testemunha o Sábio, com certeza duvidaria de sua veracidade. Acreditaria ser uma brincadeira qualquer, uma história apenas, histórias daquelas de seres mágicos — centauros, elfos, faunos, caiporas, a terrível Cobra-Grande — que a mãe sempre lhe contava antes de dormir. Mas, no entanto, era seu pai, o Imperador, olhos de pouco brilho, a buscar na memória, tornada palavra, aquele passado de guerra. Aperta com mais força a mão magra do pai. Que mais terá ele para revelar-lhe?

O Imperador respira fundo. Perde os olhos num tempo distante. Prossegue.

— E, agora, minha filha, veja, as luas de Vindor se emparelham. Momento de o castigo chegar ao fim.

— Chegar ao fim? O senhor quer dizer, pai, que as Criaturas podem voltar? É isso?

O Imperador balança a cabeça em afirmação. Beija a mão da filha.

— Haverá um tempo, deixou escrito o Imperador Amarelo, que as barreiras do vidro do espelho se romperão, libertando os prisioneiros, e eles virão cheios de ódio, desejosos de vingança. Ficaram estes séculos todos repetindo nossas ações, acumulando sabedoria. E se não forem impedidos de saírem do espelho, causarão dores profundas. Destruição. E o Grande Espelho, guardado no há muito na sala escura do castelo, é a porta de contato com nosso mundo.

— Quando as luas se alinharem — agora é o Sábio quem fala, — a última lâmina do Grande Espelho se romperá. As Criaturas se libertarão, e Vindor será destruída.

Silêncio. Há pouco, bem pouco, Olívia lia, despreocupada, seu livro no jardim. E agora, assim, sem mais nem menos, ficava sabendo que seu reino estava prestes a ser destruído por uma forma demoníaca.

Difícil de crer.

— Poucos conhecem essa verdade. Não queremos alarmar o povo — fala o Imperador. Depois olha bem dentro dos olhos da filha e diz aquilo que não gostaria de dizer. Mas precisa. — E a salvação de todos, Olívia, depende de você.

— De mim? — Olhos nos olhos do pai. Rosto surpreso a buscar a confirmação nas faces do Sábio.

E ela vem num breve movimento de cabeça.

2

A MISSÃO

Silêncio.

Palavras vêm. Perguntas invadem Olívia. Todavia, o revelado é tanto, que ela pouco consegue articular as dúvidas que a tomam.

Tudo tão irreal. Tão fantástico. Tão coisa de livro. No entanto, agora não só.

Pela janela, uma luminosidade meio avermelhada invade o aposento. Toca o rosto do Imperador. A mão dele se estende, lenta, pega o copo de suco que aguarda ao lado da cama. Segura-o entre as mãos, como se algo o avisasse, lá dentro, bem dentro, que não deve bebê-lo. Mas pouco sabe ele da escuridão que o copo contém.

Gesto paralisado, olhos na filha, na tentativa de decifrar o que vai pelo coração de sua menina. Sabe que precisa dizer-lhe mais. Bem mais.

— É tudo tão inacreditável, pai.

— Mas real.

— E o tempo é pouco, Olívia-princesa — diz o Sábio.

A princesa volta seus olhos para o rosto do Sábio. Lê na face riscada de rugas uma preocupação nunca antes vista. Sabe que aquele meigo homem possui uma sabedoria e uma mágica singulares e, se ele se preocupa, é por que, de fato, a situação é grave. Talvez, se outras fossem as pessoas a lhe darem aquelas notícias, Olívia riria, diria ser bobagem, ou, quem sabe, até faria uma graça qualquer, viraria Nardo. Mas não. Eram o Imperador e o Sábio.

E ela.

Apenas os três. Como as luas de Vindor.

Por que não estavam ali os heróis do reino, os homens da corte, todos os valorosos cidadãos de Vindor? Por que nem Vert ou Mia haviam sido convidados para aquela revelação? Por que apenas ela?

O Sábio sorri um sorriso destituído de alegria. Sabe, tem o poder de ouvir o que se passa na mente da princesa. Sempre soube, embora jamais o dissesse, que ela seria a escolhida. Na ocasião oportuna, de Olívia dependeria a salvação de Vindor. E o momento chegara. Tem pena, muito jovem ainda e a marca de missão tão grande a tingir seus cabelos de tons de vermelho. As luas de Vindor tornando tudo da cor do sangue.

— Muitas são e serão as perguntas que ainda vão surgir em sua mente, Olívia-princesa. Muitas. O que sei, posso responder. Outras, no entanto, ainda serão fogo.

O Imperador apertou mais a mão da filha. O copo a descansar novamente ao lado da cama. Gole nenhum.

— Você tem uma missão, filha.

— Uma missão? Eu?

— Desde que você nasceu, Olívia-princesa, eu sei. De suas ações, dependem Vindor e a manutenção das Criaturas dentro do Grande Espelho. Ele é a porta. Mas a missão é perigosa. Na torre mais alta do palácio, há dois espelhos. Um deles é a porta para o reino da Senhora Nuvosa, a guardiã da chave.

— Que chave?

— Aquela que, ao ser colocada no Espelho da sala escura, impedirá que ele se rompa e o Mal se liberte. Porém, como disse, na torre há dois espelhos. Um é armadilha. Você, Olívia-princesa, deverá descobrir em qual dos espelhos mergulhar. Se entrar no errado, tudo estará perdido. Não haverá possibilidade de retorno para você. Nem salvação para Vindor — revela o Sábio.

— Como saberei qual o espelho certo?

— Saberá. Na hora certa, saberá.

— Mas por que eu?

— Em suas veias corre o sangue do Imperador Amarelo. Você traz em si a força e o poder capazes de manter no reino das sombras as Criaturas. Mas os perigos a enfrentar são demasiados. Aqui mesmo, no palácio, há alguém, não sabemos quem, que conspira contra Vindor.

— Um traidor, filha. Alguém que pretende liderar as Criaturas do

Espelho e se tornar o ser mais poderoso de Vindor.

— E como vocês sabem disso? — Cada palavra do Sábio, cada revelação do Imperador, aumenta a aura de fantástico que Olívia sente cair sobre si. É como se estivesse, naquele momento, imersa numa das tantas aventuras que lera nos livros.

Entretanto, a verdade sempre ali.

— Há um livro que ensina as palavras de domínio sobre as Feras do Espelho. Este livro ficava bem guardado, só eu e seu pai sabíamos da existência dele. No entanto, há alguns meses, ele desapareceu. E coisas estranhas começaram a acontecer. Acreditamos, inclusive, que o alinhamento das luas de Vindor tenha sido obra de quem está com o livro nas mãos. E só você, Olívia-princesa, caso aceite a missão de ir ao encontro da Senhora Nuvosa, poderá impedir que este ser trevoso, que convive conosco, possa ter seus planos impedidos.

— E vocês não desconfiam de ninguém?

— Tantas são as possibilidades, minha filha. Tanto mal a cobiça pelo poder pode provocar num coração. Pode ser qualquer um. Alguém bem próximo de nós, inclusive.

Mia, pensou Olívia. Alguém próximo. Lembrou-se da sensação de que nunca confiara na nova rainha. *Mia, pode ser ela. Claro que pode. Afinal, não assumiu o lugar da própria senhora ao lado do rei? É alguém com sede de poder. Não?*

— A verdade lhe foi apresentada, minha filha. Agora cumpre a você decidir se aceitará aquilo que o destino lhe reservou. Não pense que, para mim, é fácil permitir que você enverede por mundos cheios de perigos. Não, não é. Mas, ao mesmo tempo, o Sábio me garantiu que só você é capaz de realizar essa viagem. Só você.

Olívia cala.

— Pai. Eu.

— Vindor depende de você, Olívia.

Olívia baixa os olhos. Aquilo tudo que um dia ela desejara viver como os heróis e heroínas de seus livros apresentava-se à sua frente e lhe exigia participação. O que fazer? Ah, se a jovem soubesse, se erguesse os olhos, veria a mão de seu pai estender-se, vagarosa, ao encontro do copo de suco, veria o pai conduzir o líquido aos lábios, veria bebê-lo todo. E a escuridão apossar-se de seu corpo, fechando-lhe os olhos e tornando suas faces de uma palidez fúnebre.

Mas não.

Apenas ergue-os, minutos depois, para informar que aceita o fado. Irá fazer o possível para salvar Vindor e impedir os planos daquele traidor (ou traidora) maligno, capaz de provocar guerras e mortes.

Todavia não chega a falar.

Vê o pai arquejando. Dificuldade tremenda de respirar. A vida foge-lhe rápida.

As últimas palavras: *Vindor. Salve, Vindor.* E a brancura da morte. Agora para sempre.

O grito do Sábio. Apenas naquele momento a compreensão fazendo-se.

— O suco, Olívia. O suco.

Já é, no entanto, tarde.

O Imperador está morto.

Olívia atira-se sobre o corpo do pai. Grita seu nome. Chora. O Sábio pousa a mão sobre seus cabelos, afaga-o. Fala mais para si do que para a jovem que se transforma em dor.

— O Imperador foi envenenado. Como não percebi isso antes. Vinha sendo envenenado aos poucos. O poder de quem roubou o livro é grande. Escurece minha sabedoria, minha capacidade de prever as coisas. É isso. Esse ser de trevas sabe tudo.

A porta se abre. Mia entra correndo:

— O que está havendo? Ouvi os gritos de Olívia. — Para. Olhos fixos na cena. Entendimento. A mão sobre os lábios abafa aquilo que seria grito: — Meu Deus. Pelas luas de Vindor, ele.

Não conclui. Pela porta aberta, entram Vert e Nardo. As criadas reais, meio perdidas, sem saber o que fazer, o que dizer, espiam do corredor.

— Meu pai.

Vert dirige-se ao Sábio. Há rudeza em suas palavras.

— O que houve?

— O Imperador foi assassinado — responde o Sábio.

— Como? O que você está insinuando, Sábio? — Mia grita: — Não pode ser.

O Sábio aponta para o copo vazio, ao lado da cama. Anuncia:

— Alguém envenenou o Imperador. Tive a revelação mágica tardiamente.

Nardo olha meio apalermado para todos. Do que falam? O Imperador, assassinado? Loucura total. Piada sem graça. Mas sente que não.

— O que faremos? — É Vert quem interroga. E já vai oferecendo uma solução: — O povo não pode saber. Seria catastrófico. Não sem antes descobrirmos o autor desse ato vil. — E dirigindo-se às criadas, pede que entrem e tranquem a porta. Aproxima-se do Sábio, diz: — São mentes fracas, frágeis. Podem espalhar a notícia. Vindor entraria em colapso.

— Vindor está em colapso, Vert — diz Mia. A mão pousa no ombro de Olívia, que a afasta com rispidez. A mulher parece não se preocupar com o gesto da garota. Olhos postos no ministro.

— Sim, mas pode ser pior. Muito pior, se a notícia se espalhar e não tivermos um criminoso para punir. — Após, volta a dirigir-se ao Sábio. — Apague das mentes destas mulheres o ocorrido. E de Nardo também. Será melhor assim.

— Será. Pelo menos enquanto as máscaras não caírem.

Com um gesto no ar e o pronunciamento de algumas palavras num vocabulário incompreensível, o Sábio apaga da mente daquelas mulheres o ouvido e o visto. Mia as manda sair. Olhos parados, feito bonecas, elas obedecem. Após, o Sábio se volta para o bobo.

— E de sua mente, Nardo, foram apagados os acontecimentos?

— Não, Sábio. Ainda sei tudo.

— Sua mente é poderosa. Sabia? — O Sábio o olha, intrigado.

Nardo silencia. Olhos de susto. Como assim? Diante da insistência do olhar do Sábio sobre si, balbucia um não.

— E agora? — É Vert quem pergunta.

Olívia ergue os olhos. Fala. E há raiva, e há dor, em sua voz:

— Agora meu pai está morto.

Ergue-se e sai correndo do aposento.

O pai morto. O pai morto. A pergunta do ministro a relampejar dentro de si: *E agora?* Seu pai morto. Tudo findo. Tudo. Atira-se sobre a cama. Deixa que as lágrimas e os soluços, quase gritos, encham-na de tempestade.

3

MERGULHO NO ESPELHO

Desconhece quanto tempo terá ficado atirada sobre a cama, olhos parados no teto à procura de uma resposta, de um entendimento para tudo aquilo que, num repente, desabou sobre si. As imagens se confundem em sua cabeça: o pai, as revelações sobre um tempo do qual ela apenas ouvira falar muito vagamente, e a missão. As luas de Vindor se aproximam, e tudo poderá tornar-se caos.

Levanta-se.

Ah, se Ted estivesse ali. Seria palavra amiga, mão na sua mão, força a lhe mostrar o que fazer. Mas ele está distante. Muito longe. A lembrança do amigo — o Sabiozinho, como ela costuma chamá-lo, visto a semelhança que Ted tem com o pai — toma-a por inteiro. Sente um forte aperto no peito. Tanta falta do sorriso do Ted. Tanta falta de Ted. Sua presença cada vez mais necessária. E ela sem notícias dele. Partira ao encontro de si mesmo, foi o que ele lhe dissera na hora da despedida. E ela chorou também.

Passos até a janela, olhos estendidos ao céu, todo tingido de tons avermelhados. Pensa no pai. Corpo magro sobre a cama, olhos perdendo o brilho da vida. As palavras poucas, últimas, mais nada. A dor enche seus olhos, mais uma vez. E é assim, com a visão nublada pelas lágrimas, que Olívia percebe o Sábio ali, presença forte no quarto. A voz a falar dentro dela.

— Olívia-princesa, o tempo é pouco.

Lá embaixo, o vento faz com que os plátanos movimentem-se como ondas de um mar verde-amarelado. O mar. Olívia se vê criança; a mãe, pés descalços, corre atrás dela pela areia branca e fina. Riem. São felizes. O pai as observa da beira do mar. Mãos ágeis erguem um castelo de areia. Olívia corre para ele, esconde-se em seus braços. A mãe diz *Vou pegar essa menina linda* e aproxima-se, fingindo cautela.

— Olívia-princesa, o tempo é pouco.

A voz dentro de si.

A água do mar, onda forte sobre a praia, pega todos desprevenidos e derruba o castelo. Olívia chora, o pai promete erguer outro. Mas haverá tempo? Haverá?

Olívia volta-se para o quarto. Sabe o que deve fazer. No entanto, tudo é tão confuso, tão novo, tão assustador. E o tempo a devorá-la. A voz.

— Você precisa partir, Olívia.

Não. Agora a voz que lhe chega não é a do Sábio.

— Pai? — pergunta, embora conheça a resposta. Os olhos percorrem o aposento na esperança de ver o Imperador ali, forte, vivo, a dizer-lhe outras palavras, não aquelas das quais depende o destino de Vindor.

Porém está só.

— Filha, você deve partir. Pelo bem de Vindor.

— Pai, eu.

— Na torre mais alta do castelo, há dois espelhos. Escolha o certo.

— Como eu saberei qual é o certo?

— Você saberá. No momento certo, saberá.

A voz cala. Não mais Olívia sente a presença do pai. Não mais sua voz ecoa no dentro dela. Não mais ela percebe sua força. Ele se foi. Mais uma vez.

E ela só. Novamente.

Se Ted estivesse ali, se dele dependesse o futuro de Vindor, o que faria? Viu-o a sorrir. Ted iria. Não titubearia diante do inevitável. Aceitaria a missão. Partiria com a certeza de que seria capaz de executar o que lhe era pedido. Ted era homem de ousadias. Mas e ela? Não, não era Ted. Não possuía aquela força do amigo, aquela audácia. Para ela, tudo aquilo parecia um pesadelo, coisa de livro, coisa da qual ela não gostaria de ter de participar.

Ah, Ted. Os olhos na janela tingida do vermelho das luas.

— O tempo é pouco, Olívia-princesa.

Era o Sábio novamente. A ordem ressoando no dentro de Olívia.

— Vá. Desafios demasiados a esperam.

Breve pausa.

Então, o Sábio disse aquilo que Olívia sabia que ele diria. Mas como podia saber? Como? Ele disse.

— Se Ted estivesse aqui, ele diria para você ir.

— Mas o Ted não está aqui.

— Não, não está — disse a voz. — E apenas você pode mudar o que o Mal está tramando. Só você. Alguém quer o fim de Vindor, quer o poder, por isso matou seu pai, por isso roubou o livro que liberta as Criaturas do Espelho. E só você, Olívia-princesa. Só você poderá fazer com que a justiça volte a imperar. Era o que seu pai faria, se pudesse.

— Eu sei. Sei.

Olívia grita. O pai morto. Morto por quem? Tem, sabe, a obrigação de impedir que aquele que tramou contra o Imperador obtenha sucesso. Porém, duvida de sua competência.

— Você é a escolhida. — A voz do Sábio é insistência. Tanta que o próprio vai, aos poucos, materializando-se em frente à princesa. Olhos de luz bem dentro dos olhos dela. E Olívia lê compreensão de tudo aquilo que a atormenta, todas as suas dúvidas tornam-se reflexos nos olhos do Sábio. Corre para os braços dele, permite-se chorar mais uma vez.

A última.

Sente a mão a afagar-lhe os cabelos. Sabe dos receios que ele também tem. Entende que para o Sábio aquela decisão de enviá-la ao encontro da chave que selará para sempre o Grande Espelho não é fácil. *Se possível fosse, eu iria em seu lugar, Olívia princesa. Mas os desígnios outros são.*

— Eu sei, por isso vou.

Com as mãos, Olívia seca as lágrimas. E, quando ergue o rosto para o Sábio, há determinação em seu olhar. Anuncia:

— Eu vou.

O Sábio move vagarosamente a cabeça. É afirmação:

— Vá.

A porta do aposento abre-se sem mão que a mova, deixando à mostra o longo corredor. Olívia beija a face marcada de rugas e sai. Pisa firme. Caminha sem voltar-se.

— O tempo é pouco, Olívia-princesa. Corra.

Corre.

Tudo depende dela.

Corre.

Atravessa o castelo. Sai para o pátio. As três luas lá no alto.

Corre.

Enevereda pela entrada que conduz à parte antiga do castelo. Desabitada há muito. Lá fica a torre mais alta. A terceira. Força a porta, ela cede. Olívia para diante da escada sombria que se lança para o alto. Sente o cheiro da umidade, um arrepio gelado lhe percorre o corpo.

— Suba!

Obedece à ordem que pulsa dentro de si.

Sobe os degraus aos pulos. A luminosidade que entra pelas janelas é pouca. Os pés, vez que outra, derrapam no limo. Ela segue, coração feito aquelas ondas do mar a destruir seu castelo de areia. Faltará muito? A mão se escora na parede no justo instante em que um vento forte sopra sobre ela, vindo de cima. Vento vindo do nada. Estranho vento que dificulta o avançar.

Olívia escorrega, as mãos buscam algo em que possa segurar-se. Uma gargalhada ecoa trazida pelo vento. Olívia treme. E teme. Todavia, sabe que precisa seguir.

— A grade, ao lado — diz a voz no dentro dela.

O vento sopra mais forte. Quase vendaval a fechar-lhe os olhos, a retirar-lhe a capacidade de respiração. Volta o rosto contra o vento, a mão, feito garra, segura-se no corrimão da escada, o corpo ergue-se do chão, teme que ele vire vítima daquele sopro cruel. Ouve, mais uma vez, o sinistro da gargalhada. Será de homem ou de mulher? O Mal a tentar impedi-la. A rainha Mia? Vert? A imagem autoritária do ministro lhe invade a mente.

Firma o pé. Ergue-se. E, ao pisar no degrau, o temor é domado pelo desejo de prosseguimento, o vento cessa assim como veio.

Olívia corre. Entende o sinal que aquele vento e aquela gargalhada lhe fornecem. Alguém conspira, de fato, contra Vindor. E tem poderes para isso.

Corre e, numa das tantas voltas da escadaria, depara-se com o inacreditável: os degraus são de água. Ela para. Na transparência cristalina da superfície aquosa dos degraus, vê o chão. Lá embaixo. Se cair, não há volta. Queda vertiginosa, corpo batendo nas paredes estreitas da torre e estatelando-se nas pedras. O fim.

— Creia, filha minha, e siga. Foque o olhar, veja o que realmente deve ser visto.

A voz do Imperador.

O que realmente deve ser visto, repete a princesa. *Mas o quê?*

Fixa os olhos na água. Percebe. Não é o líquido que deve ser visto, mas sim a superfície dura da pedra. Firma o olhar e pisa, esperando que sob seus pés a água não ceda, pedra que é.

Pedra.

Olívia respira aliviada. Segue correndo até a sala no alto da torre. Vazia de adornos e de móveis, apenas dois grandes espelhos, postados um ao lado do outro. Iguais: mesmo tamanho, mesma moldura meio carcomida pelo tempo. Diferença única: num deles, nenhuma imagem é refletida; no outro, mar límpido, ondas brancas a tocar a praia.

Olívia caminha até a janela. Do mais alto em que se encontra, vê o castelo, os jardins, o labirinto de plátanos. Tudo aparentemente tão normal. Só aparências. De repente, seu olhar depara-se com o inusitado. Em uma das janelas, uma sombra vestida de negro, com capuz a cobrir-lhe a cabeça, segura um livro aberto entre as mãos. Estende o braço em direção às luas. É ele: o portador do Mal, aquele que envenenou seu pai.

— Desgraçado — murmura Olívia entre dentes. Precisa impedi-lo. Precisa. Volta-se. Os espelhos aguardam sua decisão. Em qual deles entrar? Em qual? Para entre eles: a escuridão e o mar.

A escuridão e o mar.

Relembra as palavras do pai: *Saberá. Na hora certa, saberá.*

Precisa saber. Precisa. O mar é convite. Não poderá abrigar as Feras. O escuro sim. Nas sombras, como aquele que apontava para as luas, alguém pode esconder-se e planejar perfídias. Qual o espelho que a conduzirá até a Senhora Nuvosa e a chave salvadora? Qual?

— O mar ou o nada? — pergunta a si mesma. O pai disse que saberá. Saberá mesmo? Ouve um grito forte vindo da rua. Grito de bicho. Grasnar de ave. Corre até a janela. Vê o pássaro negro que se joga contra a torre, contra a janela da torre. Vem em sua caça.

Olívia volta-se para os espelhos. Qual deles? Qual deles?

O pássaro invade a torre. Joga suas garras contra a garota. Ela se afasta, esconde-se num vão da parede. Na sua frente, os espelhos são convite. Mas qual deles? Qual? Escuta, dentro de si, a voz do Sábio a dizer-lhe: *Espelhos são enganadores.*

— É isso.

Corre, atravessa o pouco espaço que a separa dos espelhos, atrás de si sente a garra do pássaro em seus cabelos. *Espelhos são enganadores.* Pula dentro do espelho que é só escuridão.

Escuta as bicadas do pássaro do outro lado.

Diante de si, um vale verdejante. Floresta fechada. Montes rochosos ao longe. *O território da Senhora Nuvosa,* diz a voz dentro dela.

É para lá que deve ir. Sabe. Entretanto.

— E agora, como vou poder continuar?

— Estaremos sempre com você, Olívia-princesa. Ouvirá nossa voz, se preciso for.

A voz do Sábio a indicar que ele e o Imperador estarão ao seu lado a conforta. Respira fundo.

A travessia da floresta a espera.

Segue.

4

PRIMEIROS PASSOS

Brilho de quase sol. Porém, lua vermelha como as de Vindor — uma apenas —, que tinge a vegetação de um amarelo avermelhado. Os montes, muitos, para além do que os olhos de Olívia podem alcançar. E a floresta. Bem ali a seus pés. Convite e medo. Sabe, a princesa, que passos deve dar, trilhar veredas em busca da chave, descer desse monte em que se encontra. Mas o tanto de surpresa: o pássaro, a sombra de negro a invocar palavras de destruição, o mergulho no espelho, tudo a imobiliza.

Volta-se, nada além de uma parede rochosa e a imensidão de um céu tingido de sangue, raio de lua atingindo desenho de um círculo na pedra, dentro uma grande letra V, é a única marca. Comprime-a com o dedo. O círculo cede levemente. Olívia alivia a pressão e tudo retorna à sua aparência mineral. Aquele é seu mapa. Porta, percebe, para seu retorno ao castelo, caso vença a tarefa que lhe foi incumbida: a chave. A chave que selará de vez o espelho. A chave que impedirá que o assassino de seu pai resulte vencedor. A chave que se encontra nas mãos da Senhora Nuvosa. Mas onde?

— Siga seu coração — diz a voz no dentro de Olívia. Voz do sábio, mais jovem, como se remoçasse ao enveredar com a princesa no interior do espelho. Voz semelhante à de Ted e que a faz lembrar-se do amigo, há muito distante, sabe-se lá se perdido, assim como ela, num universo de sonhos. A última lembrança, ele sobre o cavalo a cruzar os portões do palácio. Para onde ia? E por que aquela tristeza no olhar?

A voz interrompe memória.

— O coração indica rumo certo. Ouça-o, Olívia-princesa, ele a conduzirá para além da parede verdejante.

A parede. A floresta, espaço quase nada para passagem, e ela ali, meio a sentir-se presa em um labirinto. Ir em frente. Que mais pode fazer? A imagem do pai na cama, a vida sumindo, e as palavras do Sábio sempre, sempre, sempre, feito vento a correr solto por dentro dela, fazem com que dê um passo.

Um passo.

Apenas um.

O suficiente para que perceba que esse é seu destino: seguir em frente. Em um daqueles montes, cujos picos pode perceber por sobre as copas das árvores, mora a Senhora Nuvosa. E a chave. E se elas estão lá, é para lá que Olívia irá.

E vai.

No início, passos cautelosos na descida do monte; logo, a afobação em mergulhar naquele mar de troncos, folhas e galhos tornam suas pernas mais ágeis, desejo de asas nos pés fazendo-se forte. Corrida ao encontro de troncos grossos, cada vez mais próximos e mais escuros, pouco espaço entre eles, cada vez menos espaço, um quase nada, como se as árvores, ao perceberem seu desejo, inchassem os troncos na tentativa de impedimento. *Não conseguirei passar*, pensa Olívia.

E se não?

A voz do Sábio, voz de quase Ted, vai no dito: — Enfrente, Olívia-princesa. Só do enfrentamento pode resultar vitória. Desistir é sempre derrota. Nada mais.

— Nada mais, repete a princesa. E se seus passos haviam titubeado na corrida, retomam a força, ela o próprio corpo jogando de encontro à parede vegetal, olhos fechados pelo medo do baque. Todavia, apenas um formigamento em seu corpo e o olhar extasiado para o vale que se mostra à sua frente. Pés no início de uma trilha de pedras amarelas. Onde antes vira aquilo? Onde? Teria em sonhos andado por ali? Olha para trás: as árvores em sua aparência de muro. Barreira, não mais.

Coloca a mão sobre um tronco, leve formigar e dedos vão sumindo no que parece ser só oco. Olívia ri, o medo dissipa-se por completo. Retira a mão.

— Espécie de miragem, diz. E seus olhos, corpo em alerta, buscam nos arbustos próximos a autoria das palavras que lhe chegam aos ouvidos.

— Enganação. Isso sim. Sim.

— Quem está aí? — Olívia é plena pergunta. E susto.

— Quem? Eu, ora. Eu estou aqui. E você, se está aqui, por que está aqui? Nunca a vi. Vem de onde? Vai para onde?

De onde vem a voz? Olívia não consegue perceber. Cada fala parece provir de um lugar diferente. Fantasma? Ser invisível? Coisa do Além? Afinal, que mais esperaria encontrar dentro de um espelho? Fica parada, olhos bastante atentos a qualquer movimentação, diz:

— Apareça. Não sou de falar com quem não vejo.

— Não me vê por que não quer, ora. Eu a vejo vendo.

— Não vejo, porque você é covarde e só se esconde.

Uma breve risada. Tentativa de deboche.

— Eu? Covarde? Me escondo é nada. Culpa tenho não se a menina não tem olhos de enxergamento.

— Todo olhar é de ver. O meu também.

— Então me veja, ora, ora. Aqui estou estando. Aqui. Bem aqui.

A voz parece não se deslocar durante a fala. Olívia firma olhos num arbusto florido de azul. E vê. Está ali. Bem pequenino. Asas de libélula, corpo de gente, pousado nos ramos que pouco cedem. Será uma fada? Uma ninfa da floresta? Tem jeito de garoto, voz de menino. E é: cabelos claros, crespos, olhos de um branco cristalino, quase transparente, e pupilas azuladas, corpo verde, coberto de escamas, semelhantes às dos peixes.

— Estou vendo você! - grita Olívia.

— Pois não fui eu mesmo a lhe dizer? Quem tem olhos de visão vê — e o minúsculo ser logo alça voo ao encontro de Olívia. — Perdida está a moça, pelo visto. E também pelo não visto. Mas que faz, se é que faz, aqui pelo Reino de Celina? — e mais baixo, mais para si próprio. — Ela, a Bizarra, que nem sonhe com sua presença. Mas é bem provável que já saiba.

— Não estou perdida, não. E antes que me esqueça: quem é você, afinal?

— Eu? Eu sou eu mesmo, ora, ora. Não está a me ver?

— Quero saber seu nome, serzinho esverdeado. Se é que você tem algum. Você é uma fada?

— Fada, eu? Ora, pois. Não vê que sou um garoto? A bem da verdade, já vou tendo lá meus setenta e sete anos, porém garoto sou ainda.

— Setenta anos? — surpreende-se Olívia.

— Pois tenho. Afinal, o tempo é o que mesmo? Só aquilo que queremos que seja, desde que Celina aqui chegou. O tempo inexiste nessas terras do Baixo. Mas, enfim, se meu nome é o que quer saber, devia era logo ter perguntado e eu responderia.

Silêncio. Olívia no aguardo de resposta.

— E então? — diz ele. — Vai ou não vai perguntar?

Olívia ri. *Que bichinho mais complicado.* Faz a pergunta e ele logo diz:

— Sou Vislo. Ser da floresta. Guardião dos caminhos tantos. E são tantos, ora, acredite que, por vezes, até eu mesmo me perco. Bom guia sou não. Mas nada fale para a Celina, caso a encontre. Ela abomina incompetentes. Não que eu o seja, não sou não, mas é que esses caminhos são por demais variados, e eu acabo por me perder. Só às vezes, é claro. Ora.

— E quem é essa tal de Celina de quem você tanto fala?

— Ora, Celina é dona dessa floresta, o Reino do Baixo. Aqui, ela manda e desmanda também. Tudo sabe, tudo governa. É a rainha dos Descarnados. Senhora total da magia que se opera nesse mundo. Poucos os que um dia se insurgiram contra sua força. Todos sumidos, nem um ficou para contar sua versão. Pelo menos, que eu saiba, ora.

— Nossa.

— Mas não se preocupe. Se você se perdeu por esse mundo, basta dar meia volta. Eu, ora, conduzo você. Aliás, para onde a garota vai? De onde vem? Que nome usa quando se põe a andar pelos caminhos do Baixo?

Olívia é toda encantamento, olhos presos em Vislo, que fala numa pressa tremenda, ela mesma pouco entendendo do dito. Ele, a cabeça a todo instante voltando-se para os lados, como se temesse a aparição de alguém indesejado.

— Sou Olívia, venho de Vindor, um reino que fica para além destas árvores.

— Para além do Mundo Arbóreo? Você veio de fora da floresta então? Dizem, falam; eu pouco, ora, acreditava que outro mundo existisse depois das árvores. Bem vi que você as atravessou. Poucos antes os pés aqui tocaram. Inclusive Celina, a rainha, creio, que contam ter vindo das árvores, do outro lado das árvores. Pelo menos é o que diz a lenda. Você veio mesmo de lá?

Olívia confirma com um leve movimento de cabeça.

— Então é tudo verdade? Ora, pois. Tudo verdade.

— Verdade das mais verdadeiras, Vislo. Agora me diga uma coisa: em qual daqueles picos vive a Senhora Nuvosa? Ela é a tal Celina?

— Senhora Nuvosa... — o ser alado, expressão entre surpresa e dúvida, fala mais para si do que para Olívia. — A Senhora Nuvosa, pois sim. Pois não. Ela e Celina não são a mesma pessoa não. E nem podem. Nela, na Senhora das Nuvens, só nela, um tanto de salvação. Mora no Alto, local de poucas passadas de quem se perdeu pelo Baixo, reino de Celina. Num dos cinco montes, habita Aquela que governa as nuvens e o Sol. Dizem que lá em cima há luz e claridade. Aqui não, apenas o claro-escuro avermelhado dessa lua sempre e sempre no céu.

— Preciso encontrar a Senhora Nuvosa — diz Olívia. — Tenho pressa, Vislo. Meu reino depende desse encontro.

— Pressa, pressa, neste mundo não há pressa. O tempo é o tempo de Celina. Passa conforme o desejo dela. Há muito está parado, repleto de lentidão... E por falar Nela, evite encontrá-la. Evite. Encontros inesperados podem acordar a ira de Bizarra. Não falemos, não falemos, ora. Só andar andemos. Para bem longe dela.

— Por que ela não gostaria de me encontrar? — Olívia é plena de interrogações. A presença naquele mundo estranho, no qual deve cumprir, o mais rápido possível, sua missão, começa a inquietá-la mais ainda. Muito há a descobrir, muito há a realizar. Vindor depende dela. E aguarda sua volta. *O que faço?* Pergunta-se, no desejo de ouvir a voz do Sábio dentro de si. Mas apenas o silêncio ecoa.

O que ouve são as palavras de Vislo. Fala baixo, quase cochicho.

— O porquê não sei sabendo. Ela desgosta de estranhos. E coisas terríveis ocorrem no Baixo. Houve tempos de destruição. Hoje, todos mais subservientes. Assim que Bizarra gosta.

— Olha, Vislo, acho que estou começando a desgostar dessa tal de Bizarra.

— E não? E quem gostará? — O pequeno ser olha para os lados, prossegue. — A Senhora Nuvosa habita os montes. Celina desgosta dela, impede sua descida e nem as árvores sabem mesmo o motivo, ora. — Após, corpo flutuando no espaço diante do rosto da princesa, diz: — Mas, de fato, você sabe pouco desse meu mundo. Venha, venha vindo, vamos ao encontro daquela que você procura. E que ninguém nos encontre antes, o que creio ser difícil, ora, afinal sempre há um ou outro Descarnado perdido por aí.

— Descarnado?

— E não? Isso, isso. Os Descarnados são seres só feitos de ossos. Gente que deixou de ser gente. Escravos fiéis da Bizarra. Venha, vamos. Toda cautela é pouca.

E Vislo voa sobre a trilha de pedras amarelas, asas num bater incessante que até as fazem desaparecer, forjando a imagem de um pequenino garoto verde suspenso no espaço. Olívia o segue, embora não saiba se é certo o que faz. Precisa ouvir a voz do Sábio ou a de seu pai, porém, alguma força as emudece. Lembra as últimas palavras ouvidas do Sábio, palavras jovens, a lhe dizer que seguisse o coração. *É isso. Vou em frente. Não tenho tempo a perder. Que mais posso, se não confiar em Vislo?*

Seus olhos voltam-se para o céu. Teria sido impressão sua ou a lua única mudara de lugar? Alguém acelera o tempo. Ela precisa ser ágil. O mais possível. Vindor depende dela e de suas decisões. Jamais pode cair em esquecimento.

Jamais.

— Venha, venha, Olívia. É longa a caminhada.

Olívia segue.

Que mundo é esse cheio de verde, montes altos ao longe, e uma grande e vermelha lua no céu? Como tudo isso pode estar dentro de um espelho? Que outros mundos existem ainda por serem descobertos atrás de alguma lâmina a refletir imagens postas diante de si? Olívia lembra as palavras do Sábio. Em sua mente, brota o passado. A Grande Guerra entre humanos e os seres do Espelho. Aquela que o Imperador Amarelo venceu. Guerra que está prestes a ser retomada, caso ela não retorne com a chave.

Acelera o passo. Quase corre.

— Calma, calma, princesa-menina.

— Tenho pouco tempo, Vislo.

Vislo sorri.

— Ah, o tempo, Olívia. Tempo sempre temos. Todo o tempo.

— Então olhe para cima. A lua vermelha não está mais no mesmo lugar. O tempo voltou a correr aqui no Baixo. Percebe?

Vislo volta seus brancos olhos para o alto, e Olívia lê em seu rosto um tanto de surpresa.

— Ora, ora — é tudo o que o pequeno ser consegue pronunciar. De fato, a menina tem razão. Haviam caminhado, é claro, e se deslocado. Assim, é normal que a lua não esteja exatamente no ponto onde eles a viram antes. No entanto.

— Vamos, depressa, Vislo.

— Andemos, então. Mas nos afastemos da estrada. Sinto no vento o cheiro deles.

— Cheiro de quem?

— Dos Descarnados. Eles estão por perto. Talvez saibam que você está no Baixo, talvez. Ou...

— Ou o quê, Vislo?

O pequeno garoto pousa no ombro de Olívia.

— Ou estejam à caça. Venha, melhor ser afastamento, ora. Melhor ser parada em lugar seguro. Logo estaremos cansados. Você mais que eu, afinal seus pés ainda não se acostumaram com esse chão. Avancemos. Há, logo ali, após a curva, um riacho. Seus ouvidos percebem o ruído do córrego?

As palavras de Vislo fazem com que Olívia ouça o cascatear de água. Um desejo de descanso e uma sede nunca antes sentida fazem com que ela deseje repouso. Está cansada, precisa parar um pouco, embora saiba que tem uma missão a cumprir. Seu coração, todavia, avisa que ela deve molhar os pés na água fresca, estirar o corpo na relva, fechar os olhos, por mais breve que seja. Assim estará renovada, pronta para seguir viagem.

Vislo voa à sua frente. Ela o segue e seus olhos se deparam com um belo regato. Pedras grandes ao redor, uma pequena cascata jogando água cristalina sobre o riacho. Na margem oposta, um veado de vários chifres levanta a cabeça ao vê-los chegar. Mas não se assusta. Termina de beber e sai em seu passo elegante.

— Que belo — diz Olívia. Retira os sapatos e permite que a água fresca lhe acarinhe os pés. Atira o corpo para trás, a relva fazendo-se de colchão. Fecha os olhos, enquanto Vislo diz que vai buscar algo para comerem. *Vou ver se os Descarnados andam por aí. E você, tome cuidado.*

Olívia ouve o zumbido das asas do amigo. É temor e cansaço. Fecha os olhos, abraça-se a si mesma. Adormece.

5

O ENCONTRO COM CEFAS

Abra os olhos, Olívia. Rápido.
Abra.

As palavras dentro de si, vindas bem sabe ela de onde, fazem com que abra os olhos e o que vê a assusta: a sombra de um rosto descarnado, boca arreganhada, vazia de língua, cheia de dentes pontudos. Olhos escuros, como se vida nenhuma houvesse dentro deles. Um bafo de podridão.

O susto e o nojo fazem com que Olívia se levante rápido, pernas encolhidas junto ao corpo, costas buscando proteção nas pedras, os olhos à procura de Vislo. Porém, a mão de dedos só ossos aperta-lhe a canela com força. E uma voz tenebrosa, que parece nascer do sopro do vento a circular pelos vãos do esqueleto, ordena:

— Quieta.

Olívia lembra-se do alerta de Vislo. Os Descarnados. Olhos assustados, percebe que o esquelético ser não está só.

— Bem quietinha — ordena ele. Depois, volta-se para os outros:

— Vejam se não há mais estranhos por aí. Eles nunca andam sozinhos.

São três. E pelo que Olívia vê, devem mesmo ser os tais descarnados de que falara Vislo. Está perdida. Que mais pode fazer a não ser tentar puxar a perna, a fim de que aquela garra de ossos a solte? Pensa em pedir auxílio para Vislo. Mas onde andará o amigo? E o que ele poderá fazer para ajudá-la? Tão pequeno.

O Descarnado que aparenta ser o líder a arrasta. Olívia grita:

— Tira essa mão imunda de cima de mim, seu nojento.

Ele se volta para a garota. Ri um riso rouco. Falseado. Aproxima uma lança de metal que traz consigo do rosto de Olívia. Ameaça:

— Uma marca nessa cara vai te deixar mais calminha.

Olívia fecha os olhos ao sentir a ponta de metal junto de seu rosto, ergue o braço e tenta proteger-se, embora saiba ser em vão. No entanto, a dor que espera sentir é substituída por um grito seco e pelo ruído de algo se desprendendo e caindo ao chão. A garra em sua perna perde a força e a liberta. Ela abre os olhos e vê o Descarnado, meio trôpego, braços agitando-se na tentativa de acertar algo com a sua lança. Sua cabeça, porém, está caída aos pés da princesa.

Olívia recua. Meio sem saber o que ocorre.

Percebe que os outros Descarnados, que haviam se afastado ao atender à ordem do líder, voltam-se, ainda a tempo de ver seu líder cair ao chão. Imóvel. Seus olhos de pouca vida também tentam entender o ocorrido.

— Quem está aí?

Silêncio.

Um dos Descarnados grita:

— Apareça ou matamos a garota — após, dirige-se ao outro. — Pegue-a. Rápido.

A mente de Olívia é ordem ditada pelo coração. Não pode ficar parada à espera de que aqueles desprezíveis seres a prendam novamente. Levanta-se, corre até o esqueleto decapitado e pega a lança. Que venham. Agora está preparada.

— Pegue-a, já mandei.

O Descarnado avança. Olívia levanta a arma. Não a levarão sem luta. Sem luta não.

Tudo, porém, toma um rumo que nenhum dos envolvidos espera. Um tropel de cavalo. Passos pesados em direção a eles rompem a expectativa do duelo. Eles se voltam a tempo de verem um jovem de peito nu, espada dourada na mão, surgir entre a vegetação.

— Canalhas! – berra ele, e parte para o ataque. Choque de lanças e espada. Gritos de raiva e de guerra. Os Descarnados e o jovem sobre o cavalo.

Olívia os observa à distância. O manejo preciso da espada faz com que o braço de um dos Descarnados voe longe. O cavalo avança, ergue as patas dianteiras e coiceia a cabeça do oponente. Derruba-o no chão, pisoteia-o com violência.

É nesse momento que Olívia vê.

É nesse momento que se dá conta de que deve agir.

E age.

Ao perceber que o Descarnado prepara-se para ferir o rapaz, corre na direção dele. Atira a lança, mas, embora ela crave no peito do esqueleto, ele apenas ri. Volta-se para ela, como se naquele instante decidisse mudar seu alvo. Ela é a culpada. Ela deve morrer.

O Descarnado ergue sua lança. Olhos nos olhos de Olívia.

— Pela glória de Bizarra! – berra em sua voz de profundezas.

E joga a lança.

Uma arma disparada, uma lança que voa feito pássaro no espaço, uma espada que corta o ar sempre têm um alvo. O alvo é Olívia.

Mas.

Ruídos de cascos nas pedras, voo do cavalo, patas jogando a lança para longe de sua vítima. Olívia protegida.

— Desgraçado! – urra o Descarnado. Corpo feito de ossos em tentativa de fuga. Sabe que perdeu. Sabe que precisa sumir entre as árvores. O escuro da floresta, em que os poucos raios vermelhos da única lua do Baixo penetram, é sua salvação.

Corre.

Quatro pernas, entretanto, são mais velozes que duas e logo o cavaleiro corta seu caminho. O Descarnado vê a espada dourada que o outro ergue, lê nos olhos dele que não há espaço para piedade, embora tente esboçar um pedido de perdão.

Palavra tardia.

O jovem conhece as palavras dos servos de Bizarra. São como as dela. Frias, falsas, desleais.

Um golpe certeiro e a cabeça do Descarnado voa longe, o corpo desfazendo-se em amontoado de ossos.

Ao longe, olhos cheios de maravilhamento, Olívia observa

o jovem em seu cavalo. Ele guarda a espada na cintura e só então, só naquele momento, passada a emoção do duelo, é que Olívia se dá conta: jovem e cavalo são um ser apenas.

Um centauro.

E ele se aproxima.

No rosto, um sorriso.

Olívia olha para o seu salvador. Sorri também e aperta a mão que ele lhe estende.

— Eu sou Olívia.

— E eu, Cefas.

Mão toque na mão.

Olívia ainda está surpresa. Um centauro. Como aqueles das histórias que sua mãe narrava nas noites frias de inverno. Um centauro: meio homem, meio cavalo. Sorri para o rapaz de cabelos ondulados, cílios longos que servem de moldura aos olhos muito escuros. Boca grande de grossos lábios. Sente-se segura ao lado dele. Seu sorriso a acolhe.

Olívia: — Obrigada.

Cefas: — Não fiz mais que minha obrigação.

Olívia: — Se não fosse você...

Cefas: — Você se defenderia bem. Acho.

Olívia: — Acha?

Riem.

— Mas venha, Olívia. Vamos sair daqui. Esse cheiro de podridão dos Descarnados é nojento demais. — Cefas olha para cima. — E, depois, o tempo parece que voltou a correr aqui pelo Baixo. Obra de Bizarra, com certeza. E se os seus servos andam por aqui, ela deve andar também. Venha.

— Espere, Cefas.

Olívia aproxima-se dos arbustos. Procura Vislo. Por onde andará o amigo? *Vislo*, grita. Depois, volta-se para Cefas. Explica.

— Vislo é meu guia. Quando adormeci, ele tinha ido buscar alguma refeição para nós. Entretanto.

— Não vi ninguém por aqui. Me aproximei, pois senti o fedor

dos Descarnados. E, quando ouvi seu grito, vi que alguém precisava de minha ajuda. Mas quem é esse Vislo?

— Vislo. É um amigo que encontrei logo que cheguei aqui. Ele é pequenino, corpo de escamas, garoto alado.

— Ah, é um fank, criatura da floresta. Bizarra adora prendê-los em gaiolas. E, quando se cansa deles, devora-os.

Olívia arregala os olhos. Aquele insólito mundo, pelo visto, ainda lhe reserva muitas surpresas desagradáveis.

— Ah, desculpa, não quis assustá-la — diz Cefas. Olhos negros que percebem a preocupação no rosto da jovem. Bela jovem.

— Será que algum Descarnado raptou Vislo?

— É bem provável. Eles andam por aí. Devem estar à caça.

No rosto de Olívia, a preocupação se estampa. Precisa achar o amigo. Afinal, fora ele quem lhe indicou caminhos, quem a acolheu naquele mundo estranho. Chama:

— Vislo. Vislo.

Nenhuma resposta. O que fazer? O coração bate em descompasso, impedindo que ela ouça qualquer conselho que o Sábio ou que seu pai pretendam dar.

— Vamos. É perigoso ficar aqui. Logo outros Descarnados aparecerão.

Olívia nega com um movimento de cabeça. Não pode sair dali sem saber o que ocorreu com Vislo. Não pode.

— Temos que ir, Olívia.

Ela chama mais uma vez pelo pequeno amigo. Grita. Procura entre os arbustos.

Nada. Nem sinal de Vislo.

— Eu vou ficar, Cefas. Ele é meu amigo. Não posso deixá-lo para trás.

— Se ele é prisioneiro de Bizarra, nada pode ser feito.

Como não? Como? Olívia sente novo aperto no coração. Descompasso. Sabe que há todo um reino que a espera. Mas partir sem saber o que houve com Vislo, sem saber se ele está bem, é demais para ela.

Não pode.

E se realmente ele estiver preso?

— E onde se esconde essa tal de Bizarra?

— Habita as cavernas do lago. É ela quem dita as regras no Baixo. Criatura do mal, como são seus servos também. Mestre dos disfarces, assume formas diferentes, de acordo com sua vontade. Todas formas femininas.

— Cavernas do lago? Pois é para lá que eu vou.

— Você enlouqueceu?

— Não, Cefas. Apenas acredito que jamais devemos abandonar os amigos. Ainda mais se eles estiverem precisando de nós. Meus pais me ensinaram a ser leal.

— Eu sei. Eu sei. Mas...

— Para que lado ficam as cavernas?

Cefas percebe no rosto de Olívia a determinação. Sabe que não conseguirá mudar a decisão da garota. É corajosa, a menina. E ele gosta. Diz:

— Vamos, então.

— Como assim, vamos?

Ele sorri:

— Se você perdeu seu guia, agora ganhou outro. E, afinal, se vai entrar no reino de Bizarra, precisará de alguém que lute ao seu lado. Monte sobre mim e vamos.

Cefas estende a mão para Olívia, segura-a firme e puxa-a para sobre o seu dorso. No céu, a lua vermelha segue sua trajetória em direção ao norte. No alto de um daqueles montes, a princesa sabe que uma chave a espera. E, dessa chave, seu reino depende. Sente que se o Imperador ou o Sábio estivessem ali fariam o mesmo: iriam ao encontro de Vislo. Se Bizarra o prendeu, é Olívia quem deve libertá-lo.

E o fará.

— Vamos, Cefas.

Ao retornarem à estrada de pedras amarelas, perto de uns arbustos quebrados, Cefas estaca. No chão, eles veem algumas frutas e uma lança dos Descarnados. Olívia nada diz, nada pergunta, sabe que Cefas pensa o mesmo que ela: Vislo foi capturado por um servo de Bizarra.

— Vamos, Cefas. O tempo parece que passa cada vez mais rápido. Vislo precisa mesmo de nós.

— Segure-se firme, Olívia.

Num cavalgar apressado, Cefas e Olívia rumam para as cavernas. Atrás deles, os corpos dos Descarnados e os montes do Alto.

6

A HISTÓRIA DE BIZARRA

As árvores passam rápidas ao lado de Olívia. Abraçada no corpo forte de Cefas, ela tenta ouvir a voz de dentro. Silêncio inteiro. Completo. Onde andarão as palavras do Sábio que não conseguem tocá-la? Será que o poder maléfico de Bizarra é capaz de impedir que a mensagem de seu coração seja ouvida?

A chave.

Novamente, seu pensamento retorna para a salvação de Vindor. No entanto, sabe que Vislo precisa dela. Segue.

De repente, Cefas cessa o trote.

— A partir daqui, entramos de fato nos domínios de Bizarra. Deve haver espiões.

— Como faremos, então? — Olívia pergunta, os olhos à procura de algum indício de outra presença que não a deles. Teme encontrar um Descarnado, mas sabe que, caso isso ocorra, estará mais preparada para a luta. Na mão, ainda, uma das lanças de aço.

— Vamos com calma, em silêncio. O tempo avança. Logo a noite plena cairá. Não mais essa penumbra. Noite escura de vermelho. No escuro, podemos agir de surpresa. Jamais alguém ousou entrar na caverna de Bizarra. Vamos aguardar um pouco, afinal eles não esperam qualquer ataque.

Olívia desce do dorso de Cefas. Pergunta:

— O tempo, Cefas. Está passando rápido.

— Mas temos que aguardar, Olívia. Para nosso bem, temos que esperar a noite plena.

Cefas deita seu corpo de cavalo sobre a relva. Olívia senta-se a seu lado. Tudo muito estranho. Enveredou por aquela aventura, mas só agora se dá conta do universo em que se encontra e, embora tenha encontrado

Vislo e Cefas, sente-se sozinha sem a segurança dos muros do palácio, sem a presença forte do Imperador, sem as palavras do Sábio. Se pelo menos Ted estivesse ali? Se pudesse ouvir dentro de si a voz do Sábio, tão semelhante à do amigo? Mas nada.

— Está pensando em quê?

Olívia sorri.

— Tanta coisa.

Silêncio. Cefas retira do alforje uma fruta amarela.

— Come. É gostosa.

— Sabe — diz Olívia, aceitando a fruta. — Você nunca pensou que tudo podia ser diferente? Que nada do que você vive é verdadeiro? Como se fosse apenas um sonho? Eu, você, esse mundo?

— Esse mundo existe, Olívia — fala Cefas. Em seu rosto, uma expressão preocupada. — Existe. E você está aqui. É uma estrangeira neste mundo. Certo?

— Sim. Venho de Vindor. Um reino para além da floresta.

— Vindor. — Cefas murmura para si mesmo.

— Você conhece Vindor, Cefas?

— Não, não. Mas já ouvi falar muito de seu mundo. E me pergunto: o que a trouxe até o Baixo? Foi escolha livre sua vinda?

— Sim e não. Foi confiada a mim uma missão — responde ela. — Uma missão importante.

— À qual você não teve como dizer não, certo?

Ela sorri.

— Acertou mais uma vez.

Ficam em silêncio. As imagens do Imperador sobre a cama, rosto fechando-se para a vida, um último olhar de esperança lançado a ela. *Salve Vindor.*

Então, o centauro diz:

— Saiba que, dependendo de sua missão, Bizarra será sempre impedimento.

— Por quê?

— Ela veio do seu mundo. Do mundo dos humanos, aquele que

fica além da fronteira das árvores. Só que, diferente de você, não veio com uma missão. Veio exilada, veio para pagar um erro.

— Um erro?

— Sim — e, após breve silêncio, como se desejasse fugir do assunto, diz: — A fruta é gostosa, não?

Olívia concorda com um sinal de cabeça. Todavia, a origem de Bizarra a atrai muito mais que o sabor da fruta. Um erro? A tal da Bizarra, motivo de seu maior temor, embora nem ela mesma saiba o porquê, é sedução. Que erro ela poderia ter cometido? Em Vindor, nunca ouviu antes falar nessa mulher. Bizarra. Por mais que repita o nome dentro de si não consegue ser lembrança: *Bizarra*.

— Que erro Bizarra cometeu?

Há alguns anos, no reino de Vindor, eram três as princesas. Cada uma delas representando uma das luas. Eram princesas em virtude de suas famílias serem da vertente dos primeiros fundadores do Reino. E, daquele trio de mulheres, dependia a segurança e a eternidade de Vindor: Dalia, Marne e Celina.

Celina, herdeira da Casa de Mun, casou-se com o homem mais sábio que já havia surgido sob as três luas vermelhas. Era mulher bela, altiva, corajosa. Mas era também ambiciosa. Por demais.

— Celina é a Bizarra, não? Vislo me disse logo que aqui cheguei.

Cefas é concordância.

— A princesa se tornou alguém terrível. Embora eu ache que na verdade sempre foi. O castigo apenas reforçou sua maldade.

— Mas por que ela foi castigada, afinal?

— A história é longa. Recém começada.

Vindor era governada pelo Imperador. Homem jovem, descendente direto do Imperador Amarelo, cuja missão de governar o Reino o impedia de casar-se ou de ter filhos. As três princesas eram participantes do governo, mas o poder estava nas mãos do Imperador. Sempre. Assim fora determinado nas origens do tempo. Assim seria.

Mas Celina de Mun queria mais. O poder sempre a seduziu, desde pequena. E, se sorria para o Imperador, se concordava com suas palavras que remetiam às antigas escrituras, era puro fingimento.

Por isso, aproximou-se do homem mais sábio, por isso o encantou com palavras de meiguice e de amor. Todas falsas. Ardil apenas para conquistar seu coração. Para ter perto de si aquele que mais influência tinha sobre o Imperador. Na verdade, Celina acreditava que o amor poderia convencer seu marido de que o fim do Imperador traria maior futuro para o pacífico reino de Vindor.

E assim foi ela tramando, tramando.

Foi ela a responsável por convencer a princesa Dalia de que uma missão ao encontro do Reino de H. seria importante para Vindor.

— Nosso reino está muito isolado. Precisamos estabelecer novas rotas comerciais, *teria dito*.

Depois se soube, muito tarde, é verdade, de suas reais intenções. Dalia jamais retornou de sua embaixada. Desapareceu. Os navios retornaram vazios de gente. Nada de ninguém. Nada de Dalia.

Os olhos de Olívia se arregalam de espanto. Em que época tudo aquilo ocorreu? Antes de seu nascimento, é provável. E como nunca ouvira falar de Celina de Mun e das outras princesas? Três princesas. As luas. A chave. Qual a relação de Celina com a chave?

— Nunca ninguém soube o que ocorreu com Dalia?

— Nunca — responde Cefas. — Mas vamos. Olhe, a noite cai. Agora estaremos mais seguros.

Olívia se levanta. Precisam ser ágeis. Vislo e a chave a esperam. Cefas a convida que lhe monte. Com cuidado, avançam.

Na mente de Olívia, as palavras de Cefas a relatar os ardis de Celina de Mun. Como podia o centauro saber mais sobre a história de seu mundo do que ela mesma? Ela, a princesa de Vindor. Entendia que seu pai a quisesse proteger daquele passado, todavia o alinhamento das luas e a possibilidade de que o Mal retornasse ao Reino o obrigaram a contar-lhe parte da história. Mas só parte, pelo visto. Ela mesma é que teria que preencher os vazios do passado de Vindor. Celina, Celina, por que nem seu pai nem o Sábio tocavam no nome dessa mulher? *O Sábio, é isso. Só pode ser.* Uma primeira ideia lhe vem à mente e Olívia sente que a revelação começa a se fazer: se o marido de Celina era o homem com maior sabedoria em Vindor, ele só podia ser o Sábio. O seu amigo Sábio.

E, nesse caso, o Imperador, sim, só podia ser, era coincidência em demasia, o Imperador de que Cefas falava era o seu pai. Mas não podia. Afinal ficara decidido que ele jamais casaria, jamais teria filhos. Não pode. Mas, se tudo é mesmo como ela pensa, Celina é a mãe de Ted. A mãe que, quando certa vez ela perguntou ao Sábio o que ocorrera com ela, ele disse: *Vindor a viu morrer*. Sua cabeça é confusão. Celina não pode ser a mãe de Ted. Aquele Imperador de que Cefas falou não pode ser seu pai. Se for, ela...

— Meu Deus, — pede. — Cefas, fale-me mais de Celina.

Dizem que após o sumiço de Dalia, Celina de Mun voltou seu olhar para a princesa Marne. Porém, o Imperador já havia voltado os seus olhos antes. Ele e Marne estavam apaixonados. Contra tudo e contra todos. As tábuas da lei negavam a possibilidade de união e diziam que qualquer desrespeito às regras não seria duradouro. Porém, quando se ama, e o Imperador e Marne muito se amavam, a razão desaparece. Assim, ao ser anunciado o casamento, Celina foi a primeira a relembrar as leis. Aquele casamento não podia ocorrer, era desrespeitoso com a tradição. Todavia, seu maior temor era perder o poder que buscava. Vindor poderia ter um herdeiro legítimo. E sua ambição dizia que ela deveria ser a única princesa, que ela devia tornar-se Rainha.

Não sei precisar direito, mas Celina invadiu a mente do Sábio e coletou de lá todos os segredos de Vindor. Inclusive o mais terrível deles: a prisão dos Seres do Espelho. Pretendeu libertá-los e, aliada a eles, dominar Vindor para sempre. E tais segredos foram todos registrados em um livro. Nele, as palavras necessárias para que as Feras fossem libertas.

Olívia suspira. O livro roubado de que o Imperador e o Sábio falaram. Estaria Bizarra aliada ao traidor que matara seu pai? Agora a história narrada por Cefas chega ao ponto que ela conhece. Porém, algumas lacunas ainda existem. Precisa preenchê-las.

— O Imperador casou com Marne?

— Sim, diz a lenda de Bizarra que sim.

— Não pode.

— E por que não?

— O Imperador é meu pai.

O espanto agora está no rosto de Cefas.

— Você quer dizer que é a princesa de Vindor?

— Sim, sou.

Cefas ri. Difícil crer que carrega uma princesa nas costas. Olívia, princesa de Vindor. Ali. Sobre ele. Agora começa a entender o interesse de Bizarra por qualquer estrangeiro. No fundo, deve saber que um dia chegaria o definitivo acerto de contas entre ela e Vindor.

É Olívia quem interrompe o silêncio.

— Esta história está errada. O Imperador casou-se com minha mãe, a princesa Dulie. Não casou com Marne nenhuma.

— Casou sim. Com Marne de Dulie, sua mãe, o ódio maior de Bizarra.

As três luas vermelhas. As três princesas. E ela, Olívia, novamente no centro de um enigma. Dela dependendo a compreensão do caminho a seguir. Um arrepio percorre seu corpo. As últimas palavras de Cefas ecoam dentro de si. *Sábio*, chama em pensamento. *Pai*. Precisa de suas vozes. Precisa de luz. Comprime o peito contra as costas de Cefas. Sente nele sua única proteção.

Mas se Celina acreditava ser capaz de dominar o Sábio, enganou-se. Dizem que até o filho ela ameaçou matar, caso ele não se aliasse a ela.

— Celina teve um filho, então?

— Sim. Um menino.

— Você sabe o nome dele?

— Não. Não sei.

Ted. Só pode ser Ted, pensa Olívia. Tudo se torna luz.

Tudo em vão. Para o Sábio, a segurança de Vindor, do Imperador, de sua Rainha e da pequena princesa, que agora sei ser você, era o bem maior.

Descoberto o estratagema de Celina, ela foi julgada e condenada pelo Imperador a ficar presa no Mundo dos Espelhos. Sua liberdade e retorno só ocorrendo caso ela demonstrasse mudança. Ela, falam os antigos, chorou muito, clamou por perdão. Entregou o livro com as palavras mágicas ao Sábio, que — dizem — o escondeu para sempre. Porém, o Imperador foi implacável. Destemido. A ambição de Celina colocara Vindor em risco. Ela devia ser punida.

E foi.

— E, pelo visto, ela jamais se arrependeu.

— Ao contrário. Virou a Bizarra.

Condenada ao mundo do Baixo, Celina se tornou criatura cruel. Com sua força, impede que o sol desça dos montes e, dos Seres do Espelho, adquiriu a possibilidade de se metamorfosear. Vira o que quiser. Há apenas um sinal: as unhas azuis.

O maior desejo de Bizarra, no entanto, é retornar a Vindor. Não mais à frente dos Descarnados. Mas sim das Criaturas do Espelho.

— Senhora do Baixo, Bizarra, rainha dos Descarnados. Assim que ela gosta que a chamem. Todos por aqui vivem amedrontados. Escondem-se a qualquer movimento. São súditos, não por que querem, mas por medo do que ela possa fazer contra eles.

— Por isso que quase não encontrei ninguém no caminho?

Cefas para, aponta para um conjunto de cavernas: a casa de Celina de Mun.

— Olhe — fala, baixo. — Há dois Descarnados guardando a entrada maior. É aquela.

Olívia sente o peito se agitar. Aperta com firmeza a lança que traz na mão.

— Vamos — diz Cefas. — Eles devem estar desprevenidos. Ninguém, no Baixo, ousa se aproximar dos domínios de Bizarra.

Movem-se, evitando fazer qualquer ruído ou ação mais brusca. As cavernas os aguardam.

— Cefas, — sussurra Olívia. — Como você sabe tudo isso sobre a Bizarra.

O centauro volta-se para Olívia. Olha bem dentro dos olhos da princesa.

— Por que eu fui um seguidor de Celina de Mun.

7
NAS CAVERNAS DO LAGO

Olívia recua. Teria ouvido realmente aquilo? Cefas, um seguidor daquela que tanto mal pratica? Difícil de crer, só pode ser brincadeira. Só pode.

Cefas lhe estende a mão.

Olívia recua mais um passo.

— Não tema — diz ele.

Olívia lê naquelas palavras sinceridade. Mas não será engano, vítima da confusão de estar num mundo desconhecido? Precisa ouvir o Sábio, precisa de suas palavras. Que não vêm. Só pode contar consigo mesma. Apenas consigo.

Olhos nos olhos de Cefas.

— Confie em mim, Olívia. Estou do seu lado.

Siga seu coração, foram as últimas palavras do Sábio no dentro de si. E seu coração diz que Cefas é amigo. Aceita a mão que lhe é estendida. Ele a aperta forte, sorri. Repete.

— Estou do seu lado. Para sempre.

Por que falou assim: Para sempre? Cefas desconhece motivos. As próprias palavras ecoam em seus ouvidos. Cefas é confusão. E desejo de proteger Olívia.

— Eu sei — diz Olívia. — Eu sinto.

Ocultos pelo escuro da noite, seguem. A surpresa é sua maior vantagem. A libertação de Vislo depende deles. E necessitam agir rápido.

Avançam.

O centauro retira a espada da bainha e, com o olhar, indica o Descarnado da esquerda para que Olívia se ocupe dele. Afastam-se um para cada lado. O coração de Olívia aos pulos, a mão, feito garra, a segurar a lança. Pouco tempo para pensar, a necessidade de que esse primeiro ataque dê certo, sabe, é fundamental. Ouve o grito de Cefas: *Ao ataque!* E correm ao encontro dos Descarnados.

Choque de armas. Cefas corre em círculos em torno dos vigias, tonteia-os, confunde-os. Um deles recua, encosta-se na parede de pedra, grita algo ao outro, retira do cinturão uma guampa. Olívia entende o que ele deseja: um alarme e tudo estará perdido. Para, ergue a lança na altura do rosto, atira-a de encontro ao Descarnado. Choque de ferro e ossos, o ser se volta para ela e, embora o braço com a guampa caia no chão, usa o outro para erguer sua lança. Porém, a espada de Cefas é certeira e lhe decepa a cabeça. O outro Descarnado corre para o interior da caverna, mas Olívia surge à sua frente. Grita, o monstro. Urra, é só raiva. Sobretudo quando as mãos da princesa agarram-lhe as pernas e o fazem tombar.

— Afaste-se, Olívia — grita Cefas. Suas patas pisoteiam o esqueleto, enquanto Olívia se ergue, junta a lança e a crava no crânio do Descarnado.

Primeira etapa vencida. Respiram fundo e entram no escuro da caverna de Bizarra. Armas nas mãos.

Morcegos se agitam e voam.

Um vento forte, nauseabundo, sopra sobre eles. Cheiro de coisa podre.

Cefas vai na frente; Olívia, olhos postos na porta da caverna que desaparece no negror. Avançam. Olívia ainda no estranhamento de não ver nenhum lago diante das cavernas. Não se chamam cavernas do lago, afinal?

Uma voz dentro de si se faz ouvir: *O que não contribui com os nossos sonhos não deve ser ouvido.* Olívia sorri. Bom que a sintonia com o Sábio se faça novamente. Voz jovem, voz que vem daquele tempo de traição, ele mesmo sendo o maior atacado. Agora entende. Mergulhar no espelho é trazer de volta o passado. E suas vozes. O Sábio amou uma mulher, teve um filho com ela, e no entanto. Será que Ted conhece tal história? Acredita que não. Afinal, nunca falaram sobre aquilo. Ele mesmo, certamente, acreditando que sua mãe morrera. *O que não contribui com os nos-*

sos sonhos não deve ser ouvido.

O que será que essas palavras significam, pergunta-se Olívia, enquanto segue.

— Veja — diz Cefas. — Há luz mais à frente. Vamos com cautela.

Um urro forte, de fera selvagem, chega-lhes aos ouvidos. O centauro para, como se pensasse sobre a segurança de seguirem. Volta-se para Olívia.

— É melhor que fique aqui. Muitos perigos deve haver após aquela curva. Está vendo? E esse urro. Nos tempos em que vivi nessas cavernas, não havia nada assim. É melhor que espere, Olívia.

— Não — responde ela. — Vou com você.

— Tem certeza? Pode ser perigoso.

— Vamos.

Seguem. Novo urro de fera se faz ouvir. Mais próximo. E a luz, cada vez mais forte, parece aproximar-se na curva. O ser que urra vem ao encontro deles.

— Esconda-se ali — diz o centauro, e eles se abrigam num vão da parede.

Nem bem fazem isso, o túnel de pedra se enche de claridade. Um bafo quente, junto com um resfolegar de animal selvagem, chega-lhes aos ouvidos. A fera está próxima, muito próxima. Olívia aperta a mão de Cefas, seus olhos se encontram e, embora ela leia nos olhos dele preocupação, o amigo lhe sorri confiante. Ao lado de Cefas, percebe, todo o perigo é pouco. Quase nada.

E vê.

A cobra gigantesca, corpo todo de escuridão, olhos grandes, repletos de fogo, a iluminarem a caverna. Bicho horrendo, dentes pontiagudos, língua de réptil, lançada para fora da bocarra como se farejasse a presença de estranhos em seu covil. A terrível Cobra-Grande, ser das histórias contadas por sua mãe. Histórias de monstros que tanto ela adorava ouvir, seres que, em sua fantasia infantil, imaginava que um dia enfrentaria. Mal sabia ela.

O bicho para.

Como se pressentisse a presença de estranhos, para. Seu bafo quente e pestilento enoja Cefas e Olívia. Ela aperta mais firme a mão do amigo. Ele coloca a espada frente ao corpo. Caso o bicho os perceba, precisarão de defesa.

Silêncio total.

Eles e a Cobra-Grande.

De repente, um urro enorme.

Susto. A espada de Cefas cai, com estrondo, no chão. A Cobra-Grande silencia seu urro, seu bafo. Escuta, aguarda. Percebe que há mais alguém ali.

Cefas, com seu corpo de cavalo, procura proteger Olívia. Ela, no entanto, afasta-se com cautela. Ergue a lança, olhos firmes no monstro.

Um passo à frente.

— Me dê essa lança, Olívia — sussurra ele.

Ela não atende.

Mais um passo à frente e abandona o esconderijo. A Cobra-Grande volta seus olhos de fogo e surpresa para a jovem que sai do vão da parede. Urra.

Avança.

Olívia também.

Cefas grita, tenta segurar a garota. É tarde.

O que ele vê, entretanto, o surpreende: o bicho escancara a bocarra, Olívia ergue a lança. O bicho dá o bote, Olívia enterra a arma com força bem entre os olhos do monstro. Depois recua, busca abrigo contra a parede. A Cobra-Grande berra, seu corpo rodopia sobre si mesmo. O rabo, feito chicote, se enreda nas pernas de Olívia, prendendo-a firme e arrastando-a consigo. A Cobra foge para o interior da caverna.

— Olívia! — berra Cefas. Grito que sai do mais profundo de si. Refeito do susto, junta a espada e galopa atrás do bicho. A salvação de Olívia depende dele. Sabe.

Olívia tenta, com dificuldade, não bater nas paredes da caverna. Quer libertar-se, mas o monstro a aperta cada vez mais. E, quando tudo lhe parece perdido, vê Cefas passar em correria. A Cobra-Grande para, o corpo se retorce, espada de Cefas enfiada na garganta.

Ao se libertar do rabo, Olívia corre ao encontro do amigo. Abraçam-se. *Obrigada, Cefas.*

— Que mais eu poderia fazer?

— Eu devia ter pensado mais. Devia ter ouvido você.

— Esquece. Agora está tudo bem. A Cobra está morta.

Olívia suspira. Mas, ao afastar-se do amigo, percebe sangue em seu ombro.

— Você está machucado.

— Não é nada. Vamos. Vislo espera por nós.

— Mas...

— Venha, Olívia. Depois que sairmos daqui, eu cuido do meu ombro.

Desviam-se do corpo morto da Cobra e seguem. Um ruído de água caindo é ouvido. *São as cachoeiras que deságuam nos lagos da caverna,* explica Cefas. *Eu nunca mais havia vindo aqui depois...*

— Depois?

— Depois que deixei de servir Bizarra.

— E por que você a abandonou?

Após breve pausa, como se precisasse escolher as palavras, o centauro diz:

— Acordei, acho. Eu era ser de ambições, assim como a Celina. Achava que me aliando ao mais forte, sobreviveria melhor nesse mundo. Eu tinha sonhos de viver em paz. Feliz. Mas meus desejos acabaram ouvindo a falsa voz de Bizarra. E, quando ela narrava seu desejo de vitória sobre Vindor, falava com tanta determinação, que eu me via também um vencedor. Bebi do líquido do Mal que ela oferece às mentes fracas ou oscilantes. E, assim, vendi meus sonhos de liberdade a ela. O preço foi caro: aldeias destruídas, meu povo sendo aprisionado, morto por aquela mulher do Mal. O Baixo vivendo na escuridão avermelhada da noite sem fim. Medo, terror, pânico. E eu, ali, ao lado daquela que tudo isso propiciava. Quando me dei conta de que não devia ouvir aquilo que não contribuía com meus sonhos, fugi. Abandonei Bizarra. E me tornei seu inimigo. E, como punição, ela maltratou e degradou meu povo. Sou só. Centauro sem povo.

— O que não contribui com os nossos sonhos não deve ser ouvido — diz Olívia. Lembrança das palavras ouvidas logo que entraram na caverna.

— Agora eu sei disso, Olívia. Antes não. Meus ouvidos estavam surdos para os meus sonhos. Hoje, quero a liberdade do Baixo. Quero o fim do poder de Bizarra. Quero o fim dela, pois sei o que ela almeja.

Olívia é apenas espera. Cefas conclui.

— Ela quer retornar a Vindor. Quer concluir o plano que foi interrompido pelo Imperador. E para isso possui um aliado do outro lado das árvores.

— Um aliado em Vindor?

— Sim. Quando eu ainda a servia, alguém penetrou no espelho. Assim como você. Usava um manto negro e um capuz a encobrir-lhe o rosto. Foi a ele que Bizarra relatou seus planos. Falou do livro, que ele revelou já estar em seu poder. Queria apenas que Bizarra o ensinasse a ler aquelas palavras estranhas.

Diante de Olívia, a imagem do encapuzado a falar para as luas de uma das sacadas do palácio. Área desocupada há muito. Local para suas maquinações traiçoeiras. Um cúmplice de Celina. Mas quem ousaria tanto? E por quê?

— Era homem ou mulher?

O desejo de que a resposta lhe revelasse ser Mia se fez forte.

— Era homem. Não vi seu rosto, Olívia. Mas aquela voz não esquecerei jamais. Voz jovial, porém totalmente corrompida pela maldade.

Um homem, pensa Olívia. *Quem? Se for mesmo assim como Cefas diz, Mia é inocente. Todavia, disfarces existem. Sobretudo, quando se está dentro do espelho, no reino de Bizarra.*

— Bizarra precisa ser impedida, Olívia. — Cefas, olhos distantes, brilho de água marinha, suspira. Olhar que quer ser mergulho no coração da princesa. — Mas, confesso, é tarefa árdua. Viver no Baixo e se opor à Bizarra é quase suicídio.

Caminham em silêncio. Mão na mão. A união entre os dois fazendo-se maior.

— Eu estou do seu lado — diz Olívia.

— Eu sei. E isso é bom.

O ruído de água mais próximo.

Os lagos. Cachoeiras derramando água sobre eles. No centro do maior lago, uma pequena ilha, com um trono de pedra. Ao lado, uma grande gaiola. Dentro dela, Vislo e mais dois fanks.

— Você fica aqui. Lança em punho. Eu vou libertar Vislo.

— Eu vou com você.

— Não, Olívia. Eu preciso de alguém na retaguarda. Os Descarnados e Bizarra podem estar aqui à nossa espera. Está tudo muito calmo, muito falso. Entende?

— Então, vá. Eu protejo você.

Cefas entra na água. Sabe que os olhos de Olívia estão atentos a ele, assim não pode demonstrar a dor que sente no ombro em contato com aquela água densa e escura. Nada até a ilha. Antes de subir nela, seus olhos percorrem as galerias das cavernas. Aquela aparente calma o inquieta. Onde estarão Bizarra e seu séquito? Precisa ser ágil. Sai das águas, passos firmes em direção à gaiola. Os fanks voam para o fundo da prisão, temem ser devorados por aquela criatura. *Ora, ora* — diz Vislo. — *Acho que nossa hora chegou.*

— Quietos — fala Cefas. — Eu vim salvar vocês — e, com a ponta da espada, arrebenta o cadeado. Abre a porta. Diz: — E quem de vocês é o Vislo?

— Eu, eu mesmo, meu salvador.

— Pois voe. Olívia o espera do outro lado do lago.

Os três fanks, dizendo palavras de agradecimento, voam ao encontro de Olívia. E, nem bem chegam perto dela, ouvem a gargalhada de Bizarra.

Em uma das galerias, agora repletas de Descarnados, está Celina de Mun. Cabelos azuis, como as unhas, olhos escuros que vão, aos poucos, tornando-se vermelhos, dando a medida de sua raiva. Sua voz de catacumba ecoa na caverna.

— Então você retornou, Cefas. Fico feliz.

Cefas a fita em silêncio. Mão retira a espada da cintura. Bizarra prossegue.

— Eu já estava com saudades do meu guerreiro mais belo e mais valente.

Olívia busca a saída. Teme que os Descarnados os impeçam de fugir. São muitos. Todavia, eles riem com suas bocarras, aguardando o desfecho das palavras de Bizarra. Cefas a mira em silêncio. Avalia a intenção da inimiga. O que desejará ela? Por que permitiu que ele soltasse os fanks? Por que apenas o observa da galeria sem dar ordem para que os Descarnados ataquem?

— Bom vê-lo. Bom mesmo. Sempre achei que você retornaria.

— O que você deseja, Bizarra?

Ela sorri.

— Seu pedido de perdão.

— Pedido de perdão? — O centauro sorri com ironia. — Não vim aqui por isso. Você sabe.

Olívia pede que Vislo e seus amigos partam: *Nós encontramos vocês na saída da caverna. E, se demorarmos, fujam o mais rápido.* Depois, aproxima-se da margem do lago. Grita:

— Venha, Cefas.

Os olhos de Bizarra voltam-se para ela, como se apenas naquele instante percebessem a presença da garota. Os olhos faíscam, vermelhos.

Um Descarnado aproxima-se de Bizarra, diz-lhe algo no ouvido. Riem.

— Cefas, Cefas, se você soubesse o que Rual está me propondo, logo pediria perdão. Sabia?

O coração de Cefas aperta-se. Percebe nas palavras de Bizarra a ameaça e sabe a quem ela se dirige: Olívia. Vislo e os dois fanks observam tudo da porta da caverna, os três divididos entre atender a ordem de Olívia ou assistir ao embate que se inicia. O fascínio de Celina de Mun prendendo-os ao perigo.

— Venha, Cefas — repete a princesa, olhos nos seres do Mal, que também a observam. A sede de vingança presente no zumbido, espécie de canto de guerra, que soa cada vez mais alto.

O canto da guerra.

O canto da morte.

— Escute, guerreiro centauro, meus Descarnados já entoam a canção da luta. E só uma palavra sua poderá impedir a desgraça. — Bizarra faz um sinal com a mão. O capitão Rual e o exército de Descarnados começam a se movimentar em direção ao lago. Descem as escadas que levam às galerias. Vêm cantando uma lamúria incompreensível, que fere os ouvidos de Olívia.

— Nojentos — murmura.

Olhos em Cefas. *Por que ele não vem ao meu encontro?*

— Cefas — grita.

Bizarra a olha com desdém. Não gosta da determinação que vê nas palavras daquela menina. Quem é a intrusa? Não gosta do brilho de coragem, faróis nos olhos da garota. Onde antes viu luz semelhante?

— Cefas — chama Celina de Mun, vento forte soprando seus azulados cabelos. Estende a mão. — Seu lugar é ao meu lado, querido.

O jovem centauro dá um passo em direção à Celina. Fala: *Não há perdão algum a pedir, Bizarra.* E corre para as águas do lago. Salta nelas e nada com rapidez, seu olhar preso nos Descarnados, que correm escadas abaixo. A dor no ombro sendo esquecida.

— Depressa, Cefas. Depressa.

O coração de Olívia é alívio e medo. Por um momento pensou que o amigo poderia ceder ao chamado de Bizarra. Mas não. *Quem bebeu da água da honra e da bondade e experimentou a alma pura jamais será seduzido novamente pelo Mal*, diz a voz dentro de Olívia. Ela é alívio, embora o receio de ser presa dos Descarnados a preocupe.

— Peguem eles!

O grito de Bizarra é som de rochas se quebrando. Pedras despencam do teto da gruta.

— Matem todos!

E, dizendo isso, Bizarra se transforma em uma harpia: cabeça de mulher horrenda e corpo de ave de rapina. Lança das entranhas um grasnar hediondo, as garras miram, em seu voo rasteiro, a cabeça de Cefas, que sai do lago. Olívia corre em socorro do amigo, gira a lança no ar. O monstro alado recua, embora sua garra rasgue três riscos vermelhos nas costas de Cefas. Levanta voo, grasnar forte a ordenar que os Descarnados cacem os fugitivos.

— Suba, Olívia — diz ele. Puxa a amiga para sobre si, e ruma contra um grupo de Descarnados que avança. Cefas retira a espada, Olívia ergue a lança, atenta ao voo da harpia.

Correm.

A canção da guerra é um hino desencontrado, feroz, medonho.

Um lance da espada decepa um Descarnado. Rual berra: *Não deixem que fujam.*

Cefas enevereda pela caverna. À sua frente, vê Vislo e os fanks que voam em disparada. Atrás deles, o uivo dos Descarnados.

Cruzam pelo corpo da Cobra-Grande, falta pouco para que alcancem a saída. Na floresta, será mais fácil enfrentar os Descarnados. Ou fugir deles. Mas ali, na caverna, em meio ao escuro, território de Bizarra, estão em desvantagem.

Uma lança passa rente à cabeça de Olívia e enterra-se na parede da caverna.

Correm.

Uma luz avermelhada, brilho da lua do Baixo, indica que a saída está próxima. Cefas corre mais ainda. Alcança Vislo e seus amigos. Eles se agarram aos cabelos de Olívia. Não querem ficar para trás.

Ao saírem da caverna, ouvem ainda um último grito de raiva da harpia.

Correm ao encontro da floresta.

Nunca antes ela lhes pareceu tão segura.

8

RUMO AOS MONTES

Olívia e os fanks dormem numa cama de folhas secas. Sobre uma figueira grande, Cefas monta vigília. Embora o corpo esteja cansado, as costas já não doem mais. Danira, um dos fanks libertos, preparou um unguento com ervas e o rasgo das unhas de Bizarra foi, aos poucos, sumindo. Assim como a ferida ganha na luta contra a Cobra-Grande.

Comeram algumas frutas, beberam um pouco de água e o cansaço foi abatendo a todos. Menos a ele. Precisa ser vigia. Sabe que Celina de Mun não admite derrotas. Jamais. Sua vingança sempre é implacável. Olha para os quatro, que ressonam como se nenhum perigo os ameaçasse. *O sono dos justos*, balbucia Cefas. Vislo, Danira, Queno, corpos atirados sobre os cabelos de Olívia. E ela, a jovem que ele salvou, mais bonita ainda assim, olhos fechados, desprotegida. *É bela. Bela, como nenhuma outra humana que eu já tenha visto. Linda Olívia.*

Todavia.

Se Cefas pudesse, como o Sábio, transportar-se, veria Bizarra esbravejando. Sua fúria é em demasia. Chicote na mão, estala-o sobre as costas de Rual.

— Eu não tive culpa, Bizarra. Não tive.

O corpo curvado em subserviência; os demais Descarnados, cabeças baixas, temerosos de que Bizarra volte seu ódio para eles também.

— Eu quero aquele centauro.

— Sim, Minha Obscura Senhora.

Novo estalar de chicote.

— Ele matou a Cobra-Grande. Ele entrou em meu território e me desafiou. Quero Cefas e aquela garota mortos.

Estalo de chicote na cara seca de Rual.

— Quero saber quem é ela. Como chegou ao Baixo. Por quê?

— Eu descobrirei, Bizarra Criatura.

— Pois, então, descubra. Logo. E traga todos de volta. Quero eu mesma ser a mão que os castigará.

A imagem dos olhos de Olívia retorna na mente de Celina. Onde viu aquele brilho antes? Onde? O que percebe a deixa perturbada, revela para si mesma, como se precisasse das palavras para haver convencimento: *Vi nos olhos da garota um mesmo brilho do passado. O mesmo brilho dos olhos do Imperador. Ela veio aqui enviada por ele. Deve querer a chave. E, se veio, é por que tudo ocorre em Vindor conforme meu desejo. Ele conseguiu, conseguiu* — gargalha. — *E quanto à garota, precisa ser destruída, antes que...*

Silêncio. Novo desejo se fazendo.

— Destruída, não. Vingança maior será trazê-la para o meu lado. Porém.

Cefas apenas vigia sobre a árvore. Estranho pássaro de quatro patas a zelar pelo sono da princesa. Ouvidos atentos a qualquer ruído. Olhos que percebem a claridade a se fazer. Luz avermelhada tinge todos de sangue.

Hora de acordar.

Olívia abre os olhos e encontra o sorriso de Cefas. Retribui. Bom isso: despertar e encontrar um rosto amigo.

— Dormiu bem? — pergunta ele. Os fanks se levantam, batem as asas, espreguiçam-se.

— Sim — responde Olívia. No rosto, a alegria é tomada por um tanto de preocupação. Dá-se conta de que o tempo é pouco, que precisam partir logo em direção aos montes. Precisa encontrar a Senhora Nuvosa. Precisa da chave. Há quanto tempo está neste mundo?

— Não se preocupe — diz Cefas. — Basta comermos algo e já seguiremos. Não estamos muito longe. Mais uma caminhada e cruzamos o rio. Aí, é só iniciar a subida.

— Isso se Bizarra não cruzar nosso caminho antes — fala Danira.

Olívia olha, preocupada, para Cefas. Vislo fica em silêncio. Concorda com Danira, porém teme expressar sua opinião e preocupar mais ainda Olívia. Queno os observa. Em seus olhos, um misto de medo e desconfiança. Não acredita que eles possam vencer Bizarra. Diz:

— E se a gente a Bizarra esperasse, falasse com ela, fosse explicação? É só dizer que você quer ir aos montes e pronto, ora.

Cefas ri.

— Queno, você nem parece que foi prisioneiro da Bizarra. Ela jamais fará qualquer acordo. A não ser que nos tornemos escravos dela. Você quer isso?

Queno não responde. Vislo o olha, contrariado, murmura:

— Queno não quer isso não. Ninguém pode ficar no querendo.

— Mas afinal, Olívia, o que leva você até os montes? — É Danira quem pergunta.

Olívia suspira. Mais uma vez a aparição do Sábio, enquanto ela lia no jardim, lhe vem à mente. A fantástica história da salvação de Vindor. A morte de seu pai. A missão.

— É uma longa história, Danira. Vamos indo, no caminho eu conto.

Olívia olha para os montes. Para além da floresta, a Senhora Nuvosa a aguarda com a chave que poderá lacrar para sempre o Grande Espelho, impedindo a ambição de Bizarra e do misterioso ser que deseja o domínio do Reino. Um homem? Quem? A imagem do Ministro Vert a pedir segredo sobre a morte do Imperador a invade.

Sem olhar para trás, segue em direção ao Alto. Tem pressa.

No preciso instante em que Olívia dá o primeiro passo rumo aos montes, Celina de Mun reúne os Descarnados. Orienta-os. Não quer a garota morta. Os demais, sim. Precisam pagar com a vida o tanto de ousadia que tiveram. Precisam ser exemplo para os demais habitantes do Baixo: centauros, ninfas, fanks, gentes ou animais, todos devem lembrar que desafiar Bizarra é morrer.

— Antes de irem ao encalço dos fugitivos, visitem a aldeia dos fanks. E destruam tudo. Deixem um ou dois sobreviventes, a fim de que possam dar testemunho de quem os puniu.

Forte gargalhada ecoa de suas entranhas. Morcegos voam das galerias. Os Descarnados riem também e, olhos de admiração e susto, veem Bizarra se metamorfosear em um enorme crocodilo. Couraça esverdeada, bocarra enorme, grandes dentes pontiagudos, unhas — quase garras — azuladas. Grita:

— Nos encontramos nas proximidades do rio.

Dá um salto e mergulha no lago. Rual conclama os Descarnados para a guerra. Munem-se de suas lanças de aço e rumam para a aldeia dos fanks.

— Puxa, você é uma princesa — exclama Vislo. — Eu logo percebi, ora. Bastou vê-la saindo das árvores para eu notar que era uma humana especial que vinha ali. Ora. Foi ou não foi? Mas claro que sim.

Todos riem. Olívia prossegue:

— Essa é a minha história. E minha missão é retornar com a chave, antes que o espelho que prende as Criaturas seja aberto novamente.

— Você retornará a tempo, Olívia. Acredite.

— Eu acredito. Ainda mais agora que você está comigo, Cefas.

Olhos nos olhos do centauro.

— Ora, e eu também, não é mesmo?

— Claro, Vislo — sorri Olívia. — Você é o meu guia. Esqueceu?

Seguem. Nos ouvidos, já o marulhar das águas do rio a chocar-se com as pedras. O rio que separa o Alto do Baixo. Cruzar suas águas é condição de segurança no território da Senhora Nuvosa.

— Ora, onde está Queno? Para onde ele foi indo-se?

A pergunta de Vislo faz com que os olhos dos amigos circulem ao redor.

— Ele sumiu — diz Danira. — E foi sem se despedir. Que estranho.

— Estranhíssimo — fala Cefas. Olhar atento às ramagens em volta. Grita: — Queno!

— Quem sabe ele não sentou em algum arbusto para descansar? — Olívia tenta uma explicação.

— Teria nos avisado, não?

Cefas tem uma ideia, porém quer negá-la. Afinal, não foram eles risco ao salvar os fanks? Ingratidão? Desejo do perdão de Bizarra? Ou apenas medo?

Seus pensamentos são interrompidos por um grito de Danira.

O pequeno dedo aponta para o leste. Entre as copas das árvores, uma nuvem de fumaça escura sobe em espiral.

— Nossa aldeia faz fumaça— murmura Vislo.

— Algo terrível deve ter acontecido — diz Danira.

Cefas olha para Olívia, após, para os pequenos seres, não precisa dizer palavra. Todos sabem o que lhe vai pela cabeça: *Bizarra.*

— Esperem aqui — grita e sai correndo em direção à aldeia dos fanks. Seu peito sente que chegará tarde. Aquela fumaça terá alguma coisa a ver com o sumiço de Queno? Duvida.

— Vamos — diz Olívia. E, seguida pelos pequenos seres alados, corre atrás de Cefas.

O que veem ao chegar na aldeia é só destruição. Árvores derrubadas, os pequenos ninhos de arbustos secos, abrigo dos fanks, atirados ao chão, prendem fogo. Corpos estendidos sem vida. Danira abraça Vislo. Chora ao ver os pais, mortos.

— E agora? — grita Danira.

— Chegamos tarde — diz Cefas. — Bizarra já consumou parte de sua vingança.

Ouvem gemidos. Um fank, asas arrancadas, sangra verde, amarrado a um galho. *Os Descarnados*, balbucia, *foram eles.* Vislo corre ao encontro do fank, dessamarra-o e ele cai em seus braços. Sem vida.

Palavras desnecessárias, pensa Olívia. Quem mais seria capaz de tanto mal? Não consegue evitar de pensar em Ted e no quanto o amigo deve ser feliz por julgar que sua mãe está morta. De fato, Celina morreu para dar lugar ao ser medonho que é Bizarra.

Nada mais há para fazer ali. Um ou outro fank fugitivo retorna, atraído pelos gritos de Danira, que os chama numa linguagem estranha, conhecida apenas pela comunidade daqueles seres. Eles chegam assustados, temerosos. Relatam o horror ocorrido, falam dos tantos que fugiram, embrenharam-se na floresta em fuga ou em busca de ajuda. Danira os ouve, é dor. Depois, volta-se para a princesa.

— Acho que precisam mais de mim aqui, agora. Bom conhecê-los — lágrimas nos olhos cristalinos, voa ao encontro do rosto de Olívia. —

Obrigada por me salvar, princesa. E que seu destino seja mais venturoso que o de minha aldeia.

Olhos de mar tornados, Olívia sente-se culpada pela dor dos fanks. Quer ficar, quer ser capaz de auxiliá-los. Mas não pode. Não pode. A chave.

— Adeus, Danira.

— Adeus.

Cefas diz:

— Vamos, Olívia.

— Eu sigo com vocês seguindo. Que mais posso, ora.

E assim, desejosos de ser auxílio, mas sabedores de que algo maior os espera, os três — Olívia, Cefas e Vislo — partem sem olhar para trás. Em seus corações, o desejo de que Bizarra um dia pague todo o mal que distribui pelo Baixo.

No entanto.

Naquele momento, os olhos de Bizarra, cercada pelos Descarnados, não muito longe do caminho que trilham Olívia e os amigos, arregalam-se felizes. Diante dela, o fank Queno relata o destino dos fugitivos.

— Ah, então eles pretendem, de fato, atingir o Alto. Bem como eu suspeitava. Que será que desejam lá? — Bizarra sabe. Quer apenas a confirmação. A chave. *Ela deve ter vindo buscá-la.*

Queno sorri, diz que pode informar tudo para Bizarra, caso ela lhe conceda cargo de importância em seu grupo.

— Um cargo de importância, você quer pequeno ser? Bem, primeiro me conte o que sabe, depois verei se sua informação vale tanto assim — Bizarra sorri. Olha pra Rual, diz: — Que tal o cargo de capitão-chefe dos Descarnados? Ou, quem sabe, príncipe do Baixo? Aquele que se sentará ao lado de Celina de Mun no trono da caverna do lago, hein? Que me diz?

— Eu? Príncipe do Baixo? Seria maravilhoso, Bizarra. Seria.

Rual grunhe qualquer coisa. Estará a Obscura do Baixo louca? Onde já se viu uma criaturinha insignificante daquelas dando ordens aos Descarnados?

— E então, Queno? Que você tem a me oferecer?

Queno está feliz. Já se vê príncipe, voando sobre a aldeia fank e ditando ordens. Vê-se com coroa e cetro, ao lado da grande Celina. Ele mesmo, senhor do Baixo.

— Bem, Senhora, o fato é que a garota chama-se Olívia. E ela é a princesa de Vindor. Sua missão aqui é encontrar a Senhora Nuvosa e recuperar uma chave. Com essa chave, só assim, ela poderá salvar Vindor da desgraça.

Vindor? Princesa de Vindor. Pensava que tudo sabia. No entanto, Celina não crê no que ouve. Mas é a confirmação do que sentiu ao olhá-la. Os olhos do Imperador. Olívia é filha dele. Tudo começa a fazer maior sentido. E do sucesso da missão de Olívia depende a segurança de Vindor. Nunca Bizarra teve em suas mãos maior chance de vingança. Trazer a princesa para seu lado. Cooptá-la para o Mal. Sim, de fato, Bizarra sentia que tinha razão. Maior vingança não haverá contra o Sábio e o Imperador.

— Vamos, Rual. A princesa não pode atravessar o rio.

Bizarra, após dizer isso, transforma-se em uma sereia. Bela sereia de longos cabelos loiros, profundos olhos negros e unhas de um azul escuro.

— Sigam por terra até o estreito. O fank Vislo deve levá-los por lá. Eu vou pelo rio.

— E eu, Bizarra? — pergunta Queno. — Serei príncipe ou capitão?

Celina de Mun gargalha.

— Prendam esse idiota. Ele ainda poderá me ser útil — e mergulha no rio.

A estrada se bifurca. Qual caminho tomar? Vislo pensa, pensa, mas não encontra uma resposta. Ele é o guia e o medo de falhar com Olívia o preocupa. Não quer afastá-la de seu destino. Porém. Que caminho tomar? Direita ou esquerda?

— Ai, ai, ai. Ora, que não me lembro por onde ir.

Cefas se inquieta. Sabe que qualquer minuto perdido é maior chance para que Bizarra e os Descarnados os alcancem.

— Calma, Cefas. Estar diante de uma encruzilhada sempre é ocasião de liberdade. Liberdade para escolher o caminho — repete Olívia as palavras que nascem em seu coração e brotam de sua boca sem que ela tenha poder sobre elas. Fecha os olhos e, ao abri-los, aponta para o caminho da esquerda: — Vamos por aqui.

— Você tem certeza, princesa Olívia?

— Sim, Vislo. Meu coração me mostrou o caminho. Vamos.

O estreito.

Nele, o rio perde em profundidade. As límpidas águas permitem ver as pedras desenhadas pela correnteza. Adiante, pequena extensão de areia grossa e os montes. Imagem bonita de ver, pensa Olívia. Num dos lados do rio, a noite avermelhada do Baixo; do outro, a clareza de um dia de sol. O Alto: domínio da Senhora Nuvosa. Lá, no pico, a chave a aguarda.

— Avancemos — fala Cefas. Em seus ouvidos, o ruído do trote dos Descarnados. Cada vez mais próximo. — Eles estão chegando.

Correm.

Um novo embate apenas retardará a travessia. Sabem que no Alto estarão protegidos contra Bizarra. Na margem do rio, seu poder acaba. Nos montes, ela não pode subir.

Todavia, pés molhados no dentro do rio, ouvem uma voz que chama.

— Princesa Olívia!

Olívia para, volta-se e, entre o leve ondular das águas do rio, na parte mais profunda, vê uma jovem. Ela lhe sorri. Anuncia.

— Princesa, trago comigo uma mensagem de Vindor.

— Quem é você? — pergunta o centauro, olhos de desconfiança.

A jovem sorri.

— Sou a rainha das sereias que habitam esse rio. Recebi uma mensagem de Vindor.

— Qual a mensagem? — pergunta Olívia. — E quem a enviou a você?

Cefas aperta o braço de Olívia. Alerta-a para que não se aproxime. Sussurra: *Os Descarnados estão chegando, Olívia.* A princesa o olha em dúvida. O que fazer? Estão exatamente no limite entre o Baixo e o Alto, no centro do rio. Ainda ao alcance da perfídia de Bizarra. No entanto, se alguma mensagem veio de Vindor e conseguiu chegar até a sereia, deve ouvi-la. Será? Seu coração nada diz.

A sereia fala:

— Seu pai, o Imperador, manda que retorne. O traidor foi descoberto. Tudo retornou à ordem.

— Meu pai?

Olívia ouve o balbucio de Vislo: *Olhe as unhas dela. São azuis.*

— Meu pai não poderia ter mandado recado algum. Ele está morto.

Bizarra não crê no que ouve. *Morto, o Imperador está morto.* Seu aliado é mais esperto e vingativo do que ela imaginara. *O Imperador morto. Bom demais saber disso.*

— Seu plano falhou, Bizarra — grita Olívia.

— Isso é o que você pensa, princesa. Ele apenas está começando.

E os três veem a metamorfose que se opera, veem Bizarra surgir no meio do rio, veem Rual e seu exército romper a fronteira da floresta. Queno está com eles.

— Matem-nos — escutam o grito inumano de Bizarra.

Não há tempo para luta.

Cefas, mais uma vez, puxa Olívia e Vislo para sobre si e corre. Lanças voam ao lado de seus rostos, mas nem bem a claridade do Alto banha seus corpos e as lanças se desintegram no ar.

Estão salvos. Pelo menos por enquanto. Da outra margem, observam a decepção de Bizarra e de seus seguidores.

Agora, é só avançar.

9

A SENHORA NUVOSA

Diante dos amigos, a claridade do Alto é interrompida por um grande portão de ferro, coberto de hera. Portão há muito não aberto. Portão postado no meio do caminho, sem qualquer muro, ou grade, que o justifiquem. Param. Olívia percebe a maçaneta branca. Não há chave na fechadura.

— E agora? — pergunta Cefas.

— Basta empurrá-lo e abri-lo, ora. É para isso que portões servem. Para ser passagem. Só para isso, ora. Para nada mais. — É Vislo quem fala.

Cefas empurra o portão, mas ele não cede.

— Ora, ora — diz Vislo. — Se o portão passagem não pode ser, vamos contorná-lo. Não há grades, nem muro. Impedimentos de desvio não há.

Olívia pensa que não. Se o portão está à frente deles, se lhes corta o caminho, é por que alguma razão existe. Porém, antes que seu pensamento possa virar palavra, vê Vislo ser tentativa de contorno. Vê também quando o fank, emitindo um grito de dor, é atirado longe, como se uma força invisível fosse barreira e proteção de ingresso no Alto a quem não é esperado.

— Nossa — balbucia o pequeno, quando Olívia o junta do solo. Rosto de surpresa. — O que houve? Voei voando longe. Isso, sim.

— Agora entendo — diz Cefas, — por que o Baixo, apesar do medo que todos têm de Bizarra, permanece habitado. Penetrar no Alto não é tarefa fácil. Não é para qualquer um.

— Mas deve haver um modo de transpor esse portão. Eu preciso encontrar a Senhora Nuvosa. — Olívia fala mais para si do que para os amigos. Uma chave, uma senha, algo capaz de abri-lo.

— E se tentarmos escalá-lo? Passar por cima pode ser o segredo.
— A sugestão vem de Cefas. No entanto, não encontra acolhida no coração da princesa. Vislo se encolhe, murmura:

— Eu é que não serei tentativa de voo, ora. E posso? Claro que não. É por demais dolorido.

Olívia se aproxima. Toca a hera que cobre grande parte das grades de ferro maciço. Percebe, surpresa, que o vegetal, como se fosse o corpo de um réptil, afasta-se, deixando a grande fechadura limpa de qualquer verde. A maçaneta, bem no centro, lembra-lhe um nariz rechonchudo. O buraco da fechadura parece uma boca sem lábios, e dois parafusos, logo acima da maçaneta, são — agora — pequenos olhos que se abrem, espantados. A boca de fechadura boceja. Depois, pergunta numa voz há muito não pronunciada.

— Que fazem ou o que procuram às portas do Alto?

Os amigos recuam. Não esperavam aquele tanto de fantástico: um portão falante. Por isso, emudecem ante a interrogação. Olham-se, ainda incrédulos. O portão repete a pergunta e, visivelmente contrariado, acrescenta.

— Que desejam afinal, criaturas? Interrompem meu sono e ficam aí parados como se estivessem vendo coisa de outro mundo. Quem são vocês, afinal?

Olívia se adianta.

— Eu sou a princesa Olívia, de Vindor. E estes — volta-se para os acompanhantes — são Cefas e Vislo. Queremos passagem.

— Passagem para onde? Muitas são sempre as estradas; variados os destinos.

— Estou à procura da Senhora Nuvosa. Só ela poderá ser auxílio — explica Olívia.

— Ah, — murmura o portão — você vem de Vindor e procura a Senhora. Olívia é seu nome. Sei, sei.

Depois, apenas o silêncio. Olhos do portão fechados, como se voltasse a adormecer.

Cefas aproxima-se de Olívia, coloca a mão sobre seu ombro.

É apoio. A princesa sente que, caso o portão não se abra, Cefas fará tudo o que puder, a fim de que ela possa cumprir sua missão. Por isso, Olívia fica feliz. Entretanto, também teme. Sabe dos riscos que tal atitude contém.

O portão abre os olhos. Sorri. Ouve-se um ranger de ferro. Ele se escancara, diz.

— Seja bem-vinda ao Alto, princesa Olívia e sua corte. A Senhora Nuvosa a aguarda no cume do monte terceiro.

— Olívia!

O sorriso no rosto da Senhora Nuvosa a resplandece mais de luz. Seus braços diáfanos abrem-se e recebem a princesa, como há muito ela não era acolhida. O abraço afetuoso, a voz feita carinho, a mão que desliza sobre seu cabelo a fazem sentir a ausência materna tão prolongada. Lembra-se da mãe, lembra-se da falta que sua mãe sempre fez após a morte.

— Permita-se chorar, Olívia. Deixe seu coração limpo de qualquer mágoa, de qualquer desejo de vingança.

Olívia chora, deixa que as lágrimas escorram-lhe pelo rosto em abundância, permite que o sufoco daqueles dias sem pai jorrem para fora de si.

— Isso, isso, minha menina. Só assim, limpa de todo a dor, poderá ser forte para enfrentar o Mal.

Mão que se torna proteção sobre a cabeça da princesa, os olhos se dirigem para o centauro e para o fank. Brilho de sorriso neles.

— Obrigada por protegerem Olívia.

— Senhora — fala Cefas, leve flexão do corpo, em sinal de respeito à senhora do Alto. Ser todo iluminado. Infinitamente bela com seus cabelos resplandecentes, véu natural a escorrer por suas costas. Vislo o imita na mesura, encantado ele também com a beleza etérea da Senhora Nuvosa.

A mulher afasta Olívia de seu abraço, passa a mão sobre o rosto da princesa e seca-lhe as lágrimas. Sorri.

— Princesa de Vindor. Bom vê-la aqui.

— Vim com uma missão.

— Sei disso, filha de minha irmã.

Olívia é só surpresa. A Senhora sorri. É entendimento do que se passa no coração da garota.

— Sim. É isso mesmo que você ouviu, Olívia. Sou Dalia, a terceira princesa de Vindor.

— Mas como...

— A história de Celina de Mun, você já conhece. Sei que já conhece. Falta saber apenas o desfecho. E, aliás, ele está próximo. E depende de você. De seu retorno a Vindor. A história de Dalia, a minha história, é conhecida de poucos. Fui, talvez, a primeira vítima de Celina, quando Bizarra ela ainda não era. Aprisionou-me no espelho. Porém, não sabia que eu aqui conheceria a luz capaz de ser possibilidade de resistência a ela. E, agora, conforme me afiançou o Sábio, você está aqui. A filha de minha irmã. Minha sobrinha Olívia.

O coração de Olívia é alegria e, ao mesmo tempo, tristeza. O contato com a Senhora lhe presenteia com a paz, porém também a desperta para a missão. Sabe, o dentro de si não a deixa esquecer, que precisa retornar com a chave. O mais rápido possível.

— A chave. Sim — fala a Senhora, como se lesse seu coração. E lê. — Você precisa levá-la. Precisa lacrar para sempre a lâmina fria do Grande Espelho. As Criaturas urram de desejo de vingança. Bizarra também.

— E onde está a chave, Senhora? — pergunta Cefas. O centauro entende que cada minuto desperdiçado no Alto é tempo a menos para a salvação de Vindor. Quer ser ajuda à Olívia.

— A chave foi partida em quatro.

— Partida? — Olívia é espanto.

— Eu sempre temi que ela pudesse cair em mãos inadequadas. Quando Celina foi aprisionada no espelho, diante de tamanha proximidade, tive medo de que pudesse querer destruir a chave. Assim, parti a chave em quatro partes e cada uma delas está em um local protegido, aqui mesmo no Alto. Você, Olívia, é a escolhida. Assim, só você poderá enfrentar as provas elementares e recuperar os pedaços da chave.

— Provas? Ora. Eu bem que sabia que não seria por demais facilitada essa busca — murmura Vislo para Cefas. — E agora?

— Você deverá enfrentá-las sozinha, Olívia — diz a Senhora.

— Ah, não — contesta o centauro. — Viemos até aqui com a princesa. Queremos ser auxílio.

A Senhora sorri, tranquila.

— Sei, sei. E entendo. Mas não podem. Só a mão de Olívia poderá tocar os pedaços da chave. Só em sua mão eles se unirão novamente e voltarão à forma original.

— Eu irei — diz Olívia. — Quais são as provas?

A mulher de luz e ar volta-se ainda para Cefas e para Vislo.

— Não se preocupem. Olívia é a escolhida. Saberá superar as provas. E ainda precisará muito de vocês para transpor os domínios de Bizarra. Terão que retornar à murada de árvores, ao monte em que se encontra a passagem para Vindor.

Após, sua mão põe-se sobre o ombro da princesa.

— São quatro as provas, Olívia. Você seguirá pelos caminhos do ar, da água, do fogo e da terra. Em cada um desses caminhos, uma dificuldade. Depois de cada dificuldade, um pedaço da chave. Guarde os pedaços recolhidos neste alforje. — A Senhora Nuvosa lhe estende pequena sacola de couro. — Ao vencer as quatro provas, eu a trarei de volta aqui. — E, apontando para uma pequena passagem que se abre naquele instante entre as rochas marmóreas do cume, diz: — Siga por ali. E jamais volte seus olhos para trás. Sempre avante. Sempre.

Olívia move a cabeça afirmativamente.

— Leve consigo o que quiser. Mas tem de ir só.

— Levarei minha lança e meu coração.

Antes de enveredar pelo caminho, dirige-se aos amigos.

— Cuide-se — diz Cefas.

— Pode deixar, amigo.

— Estaremos aqui, vibrando por você, ora. Afinal, que mais poder podemos? — diz Vislo. Rosto repleto de preocupação.

— Eu sei — sorri. — Agora vou. O tempo passa.

Caminha em direção à estrada recém-aberta. Passo vagaroso, mas firme. Ouve seu nome sendo chamado e o trotar de Cefas. A mão forte pousa em seu ombro. É carinho. Volta-se e vê o rosto dele muito próximo ao seu. Ele sorri. Beija-a na face.

— Volta logo.

Ela sorri também.

— Voltarei.

— Até breve, então.

— Até.

Olívia segue em frente, e os amigos veem-na desaparecer no branco dos rochedos de mármore. Tudo é apenas o leve soprar do vento.

A passagem se fecha.

O mármore branco engole Olívia.

O coração de Cefas se oprime. E faz perturbadora descoberta.

10

AS PROVAS ELEMENTARES

Embora seja desejo, Olívia lembra-se das palavras da Senhora Nuvosa e, ao ouvir o ruído da rocha de mármore fechando-se após sua passagem, não se volta. Fecha os olhos e tenta escutar seu coração. Sabe que apenas fisicamente está sozinha. Percebe as presenças do pai e do Sábio. Eles haviam dito que a acompanhariam e, agora, livres do poder de Bizarra, suas vozes brotam novamente dentro dela.

Respira fundo.

Abre os olhos.

À sua frente uma longa estrada de pedras cor de sangue vivo. Sobre sua cabeça, nuvens escuras, prenúncio de chuva. Um ou outro raio estoura mais adiante. *Siga sempre em frente, filha.*

Ela segue.

Os pés, vez que outra, deslizam nas pedras da estrada, difícil o avanço rápido. Teme ser queda e machucar-se naqueles pedregulhos pontiagudos. Pega a lança e a usa como bengala. Bom auxílio na caminhada.

Avança.

Logo, o estouro dos trovões se faz mais forte e a chuva começa a cair. Gotas pesadas desabam sobre Olívia, e o caminho logo se alaga, arrastando pedras, maior dificuldade de avanço. *Calma, Olívia princesa. Olhar sempre adiante. Passo sempre firme.*

Pé ante pé, lança cravada na terra molhada, Olívia prossegue. A água da chuva, por vezes, a dificultar a visão. Pensa em Bizarra. Pensa em toda a maldade que ela semeou em Vindor, e ainda semeia. Pensa que ela possui um cúmplice: alguém, dentro dos muros do palácio; alguém em quem, possivelmente, seu pai confiava; alguém que o matou.

Raiva.

Uma raiva que vira dor e a faz chorar. Lágrimas misturadas à torrente que lhe molha o corpo e a alma. *Maldita Celina de Mun*, murmura entre dentes. E a voz, nem do Sábio, nem do Imperador, a invade. *Chore, Olívia. Mas não permita que a cólera a invada. Mantenha o coração puro.*

Olívia para. Fecha os olhos, deixa que o choro cesse aos poucos, assim como a chuva. Agora leve chuvisco. O céu já mais claro, o caminho secando a seus pés. Ao abrir os olhos, vê que a tormenta lavou a estrada, levando embora todas as pedras que dificultavam a caminhada.

Respira fundo.

Avança.

De repente, diante de si, um pequeno lago. Superfície cristalizada pelo gelo. *Lá no fundo, Olívia-princesa, veja: há algo que brilha.*

— Uma das partes da chave? — pergunta em voz alta, embora não espere resposta. Sente o que deve fazer. Mergulho nas águas geladas. A primeira prova elementar.

Com a lança, quebra a superfície congelada. O lago, mais poço do que lago, revela-se profundo. Bem no centro, um buraco, de onde leve brilho dourado oscila. É lá que deve mergulhar, percebe. Penetrar no poço fundo do lago e resgatar um dos quatro pedaços da chave.

Não pode pensar muito, sabe.

Larga a lança na margem.

Prende os cabelos num rabo.

Mergulha.

O choque na água fria resulta quase dor. Sente um frio molhado a lhe penetrar a pele. Precisa nadar, rápida. Caso contrário, pode tornar-se estátua de gelo no fundo do lago. Mexe as pernas com dificuldade, olhos atentos à escuridão são procura pelo brilho que desaparece e reaparece a todo o momento.

Mais fundo. Um pouco mais apenas.

A voz do pai dentro de si.

Mergulha mais. O corpo já quase não mais sentido. Adormece com o gelado da água. Sofre. Dificuldade em respirar. Começa a ser desejo de retorno.

Ouve a voz.

Falta pouco, estenda a mão. Seus dedos irão tocar o brilho do metal.

Olívia atende a voz.

Estende a mão.

Sente os dedos tocarem no pedaço da chave.

Sente o calor que brota dela.

Sente o calor que lhe invade o corpo.

Está salva, sabe. Agora é só retornar à superfície.

Aperta firme o metal dourado na mão e sobe. O ar enche seus pulmões novamente. Senta-se na margem e deixa que o sol, que brilha quente, caia sobre ela e lhe aqueça os cabelos. *Carinho de mãe*, pensa. *Carinho de pai*.

— Obrigada, pai, por não me deixar desistir.

A voz fala dentro dela: *Você é forte, filha minha. Não desistiria.*

Olívia sorri.

Guarda o pedaço da chave no alforje.

Levanta-se. Segue pela estrada. Sempre em frente.

Até chegar a um desfiladeiro. Montanhas altas, rochosas, no entre elas breve espaço que mal permite a passagem de alguém. *É por aqui que devo seguir*, sente Olívia. Logo, a voz da Senhora Nuvosa fala dentro dela: *Olívia, Princesa de Vindor, você está diante do desfiladeiro dos ventos memoriais. Não importa o que ouça, jamais se desvie da linha de luz. Vozes amadas, e outra também, se farão ouvir. Seu coração permanecerá surdo. Apenas os ouvidos ouvirão.*

Olívia penetra entre as rochas. A luz do sol desaparece por encanto. Lá no outro lado, apenas lá, a garota percebe um fiapo de luminosidade. Lá se encontra a segunda parte da chave. Lá deverá chegar.

Conforme seus passos avançam, a voz da mãe de Olívia, vinda de sua infância, diz-lhe que pare.

— Mãe? — chama Olívia. — É você?

— Há perigos, filhinha. Você não pode seguir. Não pode.

Olívia para. Ouvir a voz da mãe, já banida da memória, é consolo.

— Isso, filha. Pare. Este não é o caminho. Não é.

Porém, as palavras da Senhora Nuvosa voltam-lhe à mente: jamais deve se desviar da luz. Segue. Nos ouvidos, o lamento de Marne. *Filha ingrata. É isso que você é, filha ingrata.*

— Mãe, eu...

Engole as palavras. Não permite que os ventos memoriais que sopram seus cabelos a perturbem. Avança. Firme. Olhos postos na luz. Mais próxima.

E o que ouve agora será mesmo o que pensa? Breve latido. Sorri. A memória lhe traz a imagem do pequeno cão. Pelos castanhos, sempre enredado em suas pernas, como se gato fosse.

— Rontu — murmura para si. O cachorro, ainda pequenino, presente do pai, em virtude de tanta reclamação que fazia por se sentir sozinha, sem irmãos. *Ele é meu? Meu mesmo?* Viu-se a dizer, enquanto os bracinhos se esticavam para receber o filhote. *Sim, filha. Você não pedia tanto?* Ela apenas fazendo sinal afirmativo com a cabeça, os olhos voltados ao bicho que se aninhava em seu colo. O pai prosseguiu: *Agora você é a responsável por ele. Tem que cuidar bem dele. Ele é pequenino.* Ela, olhos de carinho e certeza, disse: *Vou cuidar.* Mão a fazer afago no pelo do animal. *Vai se chamar Rontu.*

Os latidos mais insistentes chamam para o caminho. Ah, que saudade brotada na simples audição daquele latir. Latido não mais ouvido desde que.

— Olívia!

Escuta a voz que a chama. Há alegria e insistência. *Olívia! Olívia!*

Sabe quem é, mesmo antes que o vento diga. *Sou eu, o Ted. Venha, vamos retornar para o nosso jardim, para o nosso labirinto de plátanos.*

A voz do amigo é carinho em seus ouvidos. Suas palavras soam como canção de um tempo não mais vivido. Agora, ela é órfã, e Vindor depende dela. A época da infância, em que brincavam livres pelo jardim, em que faziam juras de amor infantil, em que segregavam sentimentos, acabou com o alinhamento das luas, com a partida de Ted.

— Me dê a mão, Olívia. Estou de volta.

Na mente de Olívia, o encontro de despedida entre os plátanos.

Mãos nas mãos, olhos nos olhos, ela mesma não entendendo por que Ted deveria partir, o que mais desejava ele além do que Vindor proporcionava? Toda a sabedoria herdada do pai parecia ser pouca para o amigo.

O vento sopra rajada forte às suas costas. Breve arrepio em seu corpo.

Ela: — Fica, Ted.

Ele: — Não posso.

Ela: — Você disse que me amava.

Ele: — E amo.

Ela: — Então...

Ele: — Sinto muito, Olívia, mas tenho que ir. Meu destino me chama. Tenho que ir.

E se foi. Assim como o Sábio, seu pai, tinha ele o poder de transportar-se. Um dia, voltaria, havia prometido. O Sábio mesmo garantindo-lhe que Ted era homem de viagens, não de paradas. Desejos tinha para além dos muros de Vindor.

— Me dê a mão, Olívia — insiste a voz trazida pelo vento. — Basta voltar-se e me abraçar como antes. Estou bem aqui, atrás de você. Eu e Rontu.

Olívia sente a presença de Ted, sente o calor de sua respiração. Escuta novo latido. Todavia, o desejo de abraçar-se a ele é coberto pelo rosto de Cefas. O centauro lhe sorri, diz que sempre estará a seu lado.

— Cefas — murmura ela. Os olhos escuros dele nos seus, os lábios em seu rosto. Olívia não entende por que pensa nele. Mas gosta. E percebe que Cefas afasta dela o vento memorial que lhe traz Ted.

Segue.

Corre.

Quer fugir o mais depressa possível de qualquer lembrança triste.

Todavia, ao ouvir uma estranha voz, para. O que ela diz a invade do desejo de olhar para trás. Fala assim, bem assim.

— Fui eu que envenenei seu pai.

Olívia é apenas desejo.

— Basta você se voltar e conhecerá o assassino do Imperador.

Ele está ali. Voz de homem, como dissera Cefas. Voz que ela

ouvira, mas cuja maldade incorporada a enchia de rouquidão. Bastaria voltar-se.

— Não! — O grito brota de sua boca. — Não quero conhecê-lo. Não agora.

As palavras da Senhora Nuvosa, antes de que ela penetrasse no desfiladeiro, são salvação: *Não importa o que ouça, jamais se desvie da luz.*

Corre.

Corre e chora.

Corre mais do que seu corpo pode.

Corre.

A dor da opção, a dor do adiamento é demasiada.

Ao sair do desfiladeiro, o sol a acolhe novamente. Sobre uma rocha triangular, o pedaço da chave.

Pega-a, murmura para si e para seu coração:

— Venci.

A vontade de que Cefas estivesse ali, para ver sua segunda vitória, é grande. Sorri. Sabe que ele a espera. E torce por ela.

Sabe também que toda a parada é demora. Assim, guarda a segunda parte da chave no alforje e prossegue sua caminhada. Os olhos, vez que outra, buscam alguma pista no caminho. Porém, não há desvios. A estrada é reta. Conduz Olívia a cada uma das provas, sem desvio, sem qualquer possibilidade de atalho. Uma a uma, sabe a princesa, as provas irão se deparando com ela.

— Faltam duas.

Precisa ouvir a própria voz, a fim de que o desejo de retornar ao desfiladeiro e encontrar seus afetos seja vencido pelas palavras. Pensa na última voz. Tenta, na lembrança, ser resgate daquele tom, daquele jeito de falar. Onde antes? Quando?

Um portão.

Pequeno portão de madeira vermelha.

Passa por ele e para, indecisa sobre prosseguimento. Sabe que precisa ir, mas seus pés se negam. Diante dela, uma ponte estreita sobre um despenhadeiro. Lá embaixo, só escuridão. As tábuas afastadas umas das outras, vermelhas como o portão, são maior dificuldade na travessia. Cada vão é possibilidade de armadilha para os pés. Cair naquelas profundezas, com certeza, será empecilho de retorno.

Na margem oposta, leve brilho de metal.

Olívia, olhos firmes à frente, dá o primeiro passo. Pisa na tábua e o que era negror de profundeza abissal torna-se fogo. Caldeira incandescente. Boca de vulcão.

A ponte oscila quando ela dá o segundo passo. Leve balanço e o calor das chamas a dificultar sua respiração. Sente os pulmões apertarem, sente a densidade quente do ar que respira, sente que, a cada passo avançado, o tanto de ponte vencida desprende-se e cai no abismo de fogo.

Terceiro passo. Quantos ainda a separam da terceira parte da chave? A fumaça esbranquiçada atrapalha a visão, irrita os olhos, amarga a boca. Outro passo, mais um. Tentativa de cálculo entre uma tábua e outra. O pé, por vezes, tateando o vazio. *Siga firme, Princesa de Vindor. Cabeça ereta, pé certeiro.*

No entanto, o grito de um pássaro, em voo rasante, faz com que seu pé titubeie. Sente o vazio.

Sente seu corpo no vazio.

As mãos tendo de ser garras que a mantêm segura na ponte. O quentume do fogo é maior proximidade. Soltar-se é dizer adeus a tudo. *Força, filha.* A voz do pai que fala em seu coração é motivo para que seus braços recuperem a tenacidade. Força o corpo para cima. A ponte oscila, e ela, aos poucos, ergue-se para sobre a passagem.

Fica de pé.

Equilibra-se.

Olhos fitos no brilho do outro lado.

Um passo. Outros tantos depois. E, quando o pássaro dá novo rasante, nada mais é capaz de tirar a firmeza de seus pés. Mais três passos, e ela depõe o corpo em terra firme.

Travessia concluída, a última madeira da ponte desaba, o fogo desaparece e uma brisa fresca lhe faz carinho nos cabelos.

A seus pés, o terceiro pedaço da chave.

Olívia a recolhe, suspira.

— Agora só falta o elemento terra.

Segue em frente.

A estrada apresenta sua primeira curva. Entre árvores e rochas, o caminho segue até um alto monte, perto do qual um grande boi pasta. Olívia se aproxima, o animal ergue seus olhos plácidos para ela e segue em sua tarefa, a presença da garota não lhe abala a rotina. É grande, forte, os músculos se destacam no pelo marrom que, vez que outra, é invadido por manchas pretas. Entre as orelhas, inusitado chifre. *Mas é um boi*, pensa a princesa, apesar do chifre único que imita um unicórnio.

Na sua frente, o boi e o monte.

No dentro de si, a voz: *Aqui, Princesa de Vindor, a quarta e última prova: escalar o monte de areias movediças de Lantar.*

Olívia não entende: areias movediças, num monte? Sempre soube que elas formavam espécies de lagos traiçoeiros a afundar os mais desatentos. Mas um monte? Toca-lhe a base, e seu pé desaparece na areia seca. O brilho do sol a torna de um amarelo vivo, e faz com que, no alto, fulgor maior chame a atenção de Olívia. Ela ergue os olhos e vê, suspensa num fio que parece estar amarrado no céu, a quarta parte da chave.

Sim. Tem de escalar o monte.

Tem.

Mais uma vez tenta. Porém, seu pé afunda na areia amarelada.

Recua.

Sempre em frente, sempre firme, lembra das vozes dentro de si. *Olhos sempre na luz*, havia dito a Senhora. Ergue os olhos, o pedaço da chave brilha lá em cima. Se tivesse asas, ou se Vislo estivesse ali, tudo seria mais fácil. *Mas a escalada não ocorreria*, diz seu coração. A tarefa é clara: escalar o monte. Mas como? Volta-se para o animal. Seria ele a resposta? Seria ele o transporte que a levaria ao alto do monte? Escuta o mugido. Os olhos do bicho presos nela, agora.

Aproxima-se e, mal toca o corpo do animal, ele abaixa-se para que ela o monte. Olívia sobe, se segura no chifre, e o boi segue em direção ao monte. Cada passo é parte de seu corpo que se afunda na areia. A princesa teme, e, embora seu coração bata em desespero, permite-se afundar na areia também. Sob suas pernas, a rigidez dos músculos do bicho.

Quando a areia cobre a cabeça do animal, sabe que logo será coberta também. Pensa na missão, pensa nos amigos que deixou para trás, pensa que falta pouco para voltar. Uma saudade enorme da segurança que Cefas lhe dá. Saudade de seu riso, de suas palavras, de seu carinho. Uma vontade de ser abrigada em seus braços fortes. *Cefas,* murmura e a areia cobre seu rosto, seus cabelos, sua cabeça.

Fecha os olhos.

Sente que o boi abaixa o corpo, pretende que ela desça. Abre os olhos e percebe que está cercada de areia, no interior do monte, e, por estranho que pareça, respira com normalidade. À sua frente, uma escada de areia. Lembra-se da escada de água da torre mais alta. Pisa com firmeza, como fez naquela ocasião, e seus pés encontram o que ela julga que encontrariam: dureza de rocha.

Faz um carinho no pelo do boi. *Obrigada,* fala.

Sobe.

A escalada para o alto não é difícil. A prova exige mais sabedoria do que força física. Toca o quarto pedaço. Agora, a chave está completa. Retira os demais pedaços do alforje e monta-os na palma da mão, como se quebra-cabeças fosse. Vê, maravilhada, que a luz do metal fosforesce, vê que a chave, como num passe de mágica, volta a ser uma, única. A chave que lacrará para sempre a lâmina do espelho.

— A chave. Finalmente.

Diante de si, aparece a imagem da Senhora Nuvosa que lhe estende a mão. Anuncia.

— Hora de retornar, Princesa de Vindor.

Uma luz brilhante, em espiral, saída do alto, enovela-se em Olívia. Ela sente seu corpo levitar. Deliciosa sensação de leveza a invade e permite que se solte no vazio.

Paz.

11

A TRAVESSIA PELO BAIXO

Ainda assim, meio inebriada pela leveza pacífica, Olívia vê surgir à sua frente os amigos. Corre ao encontro de Cefas e aperta-o contra o peito. Ah, tanta falta sentiu. Só naquele momento percebe o quanto a solidão, ao cumprir as provas, foi torturante.

— Cefas — murmura. — Que bom que você está aqui.

Ele a estreita em seus braços. Sabe o que o coração sente, sabe as muitas palavras que teimam em querer brotar de sua garganta.

Não é momento.

Afasta Olívia de si e seus escuros olhos encontram os dela.

— Fiquei aqui torcendo pelo seu sucesso.

— Eu sei, eu sei.

— Mas meu desejo mesmo era estar com você.

— Acredito.

— Sabia que você conseguiria, Olívia.

A Senhora Nuvosa aproxima-se, voz mansa.

— Não podia ser diferente. Caso Olívia não conseguisse, mais ninguém o faria. Ela é a herdeira de Marne, a descendente do Imperador Amarelo. Dela, Vindor depende.

— Ora, ora, e eu não ganho um abraço? — Vislo voa ao encontro de Olívia. Ela o acolhe na palma da mão.

Sorri.

— Mas, claro, meu guia.

Depois, Olívia retira do alforje a chave. A claridade do dia a enche de tons dourados. Exibe, como se ainda necessitasse da confirmação, o objeto buscado.

— Aqui está ela. Eu consegui.

A Senhora Nuvosa pega a chave. Ergue-a em direção ao sol, e

ambas resplandecem.

— Agora, a chave deve cumprir sua missão: lacrar por mais alguns milhares de anos a lâmina do Grande Espelho. — Devolve a chave para Olívia. — No entanto, Princesa de Vindor, para que a profecia se cumpra, para que sua tarefa finde, você precisa retornar. E, para isso, deverá atravessar o Baixo novamente.

— O Baixo? — Vislo pergunta, embora saiba que qualquer resposta é desnecessária. A amiga só poderá retornar pelo mesmo caminho pelo qual veio: o território de Bizarra.

— Mas, a Senhora, não querendo ousar importuná-la, não podia levar a princesa assim-assim como a trouxe do território das provas elementares? Seria bem mais fácil — diz Vislo.

— Sim, de fato, pequeno Vislo. Porém, heroico é saber trilhar caminhos necessários. E esses não são obrigatoriamente os mais fáceis. Quisera eu poder conduzir a Princesa de Vindor. Todavia, dela devem ser os pés guias.

— Devemos atravessar o Baixo, então? — É Cefas quem fala.

A Senhora prossegue.

— Sim, e Celina, com certeza, estará aguardando vocês. Ela é pérfida. Sabe que tudo depende de você atravessar o Baixo, romper o muro de árvores e retornar com a chave a Vindor.

— Nós iremos com Olívia — diz Cefas. — Eu e Vislo a protegeremos.

— Não será fácil, Cefas — Olhos de luz no rosto do centauro. — Tarefa árdua, pois as forças do Mal estarão mais uma vez contra nossos desejos.

— Não há outra possibilidade de caminho, Senhora? — Vislo é pergunta.

A Senhora nega.

— Só um caminho há. E ele passa pelo Baixo.

— Eu não temo Bizarra — revela Olívia. Seu olhar pousa nos olhos de Cefas, como a esperar que ele confirme sua afirmação. Encontra luz e coragem no escuro dos olhos do amigo. Sabe que com ele estará protegida.

— Eu também não — diz ele.

A Senhora Nuvosa fecha seus olhos. Seus cabelos vão, aos poucos, sendo tomados por maior brilho, parecem captar a claridade do sol, seu fulgor, sua pureza. Os dedos, nas alvas mãos, emitem uma luz amarela, intensa. A Senhora as dirige aos três amigos, envolvendo-os numa esfera iluminada. Cefas segura a mão de Olívia, aperta-a com carinho. Vislo aproxima-se, pousa na outra mão da garota. Sentem-se aquecidos, protegidos, fortes. São um trio.

— A hora é chegada — fala a Senhora. — Minha luz os acompanhará. Sempre.

— Obrigada, Senhora.

— Não agradeça, Princesa de Vindor. Quero o mesmo que você: justiça.

— Ela será feita, Senhora. Será feita.

A Senhora Nuvosa sorri. Gosta daquela certeza que sente nas palavras da princesa. Agrada-lhe aquela mesma determinação, aquela beleza, vista no há muito no rosto de sua irmã Marne, a Rainha.

— Agora vão. Vislo será o guia; Cefas, o guardião. E, de suas armas, brotará a luz necessária para a batalha.

— Batalha? — Nova pergunta de Vislo.

A Senhora nada diz. Toca-lhes os rostos. E Olívia sente, dentro de si, uma invasão de carinho. Abraça a tia, beija-a. Ah, tão bom seria se ali pudesse ficar. Tanto da mãe gostaria de perguntar, de saber.

— Um dia, quem sabe, minha sobrinha, possa. Hoje não. O tempo é de guerra. Vá. E jamais esqueça: todo o cuidado será necessário. Celina trama no escuro do Baixo. Eu, aqui, tentarei amenizar o oculto.

Cefas estende a mão para Olívia. Ela monta, Vislo pousa em seu ombro.

— Adeus, Senhora — fala o centauro. — Fique tranquila que eu defenderei Olívia. Com a minha vida, se preciso for.

— Eu sei.

Cefas empina as patas dianteiras, ergue sua espada, brilhosa de luz, e parte a galope pela estrada de mármore branco. Olívia o abraça forte, junto ao corpo leva o alforje com a chave; em uma das mãos a lança de luz.

Quando se aproximam do portão, ele se abre. Cefas para. Diante deles, a pouca luz do Baixo, com sua luminosidade avermelhada, os aguarda. Vislo, agora, voeja à frente.

— Cefas...

Ele se volta para Olívia.

— Antes de enfrentarmos as próximas dificuldades que certamente virão, quero dizer que gostei muito de encontrá-lo por aqui. Sem você não sei como seria.

— Olívia, eu...

Que brilho é esse que vê nos olhos dele? Dirá que sente o mesmo que ela? Dirá que sentiu a sua falta, que temeu por ela, que queria estar junto dela enfrentando as provas elementares?

Cefas a olha, os grossos lábios tudo parecem querer dizer.

Todavia.

O grito de Vislo, que já ultrapassou o portão, os chama. O pequeno dedo aponta para o estreito.

— Olhem!

Os olhos de Cefas e de Olívia veem pequeno halo de luz a romper as trevas do Baixo. Uma nesga de sol a vencer a noite eterna.

— Olívia, será?

A garota sorri.

— Parece que o poder de Bizarra começa a fraquejar.

— Avante, então.

Caminham em direção ao rio. Na outra margem, as sombras do Baixo ainda dominam sobre as árvores. Tudo é silêncio. Nem pios de pássaros. Nem o vento que balança galhos e ramagens produz qualquer ruído. Estranho silêncio.

As patas de Cefas chapinham nas águas cristalinas. Aos poucos, deixam a luz do Alto e mergulham, cuidadosos, no território enganoso de Celina de Mun. Olívia não consegue evitar que seu pensamento caia em Ted. Como pode criatura tão amável ter nascido daquela que agora coloca Vindor em risco?

— Esse silêncio, ora. Sei não. — Vislo voa na frente. As asas em rapidez extrema de quase invisibilidade. Ele mais que voa, flutua. Os diminutos olhos cristalinos atentos a alguma movimentação diferente. — Esse silêncio.

Avançam.

Sabem que a qualquer momento as garras de Bizarra e seu exército de Descarnados podem tentar alcançá-los. Há pressa. Mas o cuidado de não caírem em uma armadilha que coloque em risco a segurança da chave é maior.

— Sou o guia. Não foi essa a determinação da Senhora? Pois sou sendo o guia. Vou na dianteira. Ora.

— Todo cuidado é nada, Vislo. — Cefas estende a espada à frente deles. Olívia procura proteger a retaguarda. Desce do lombo do centauro, embora ele reclame.

— Melhor assim. Eu sobre você sou presa mais fácil.

Seus passos seguem vagarosos.

Estão prestes a cortar a fronteira que separa margem do rio e floresta, quando ouvem um prolongado assobio.

Um sinal, certamente, pensa Cefas. Mas nada fala. Não deseja maiores preocupações, apenas fica mais vigilante ainda. A proteção de Olívia é tarefa que ele quer para si. *Protegerei a princesa com a minha vida e com meu amor*, murmura. Basta pronunciar dentro de si o que calava para que uma dor, sensação de medo, tome conta dele. Volta-se para Olívia. Nada de mal pode acontecer a ela. Nada. Cefas sabe ter sido falho uma vez, sabe que foi vencido pela sedução de Celina, o que acabou por vitimar sua aldeia. Hoje, é o último centauro no Baixo. Traiu seu povo. Pagou com a solidão. E, agora que encontrou Olívia, a possibilidade de redenção torna-se mais forte. E ele não quer desperdiçá-la. Quer ser auxílio para a princesa. Quer ser capaz de libertar das sombras o Baixo.

O assobio se repete. Longo, entre as árvores.

— Eles estão por perto, ora. Não sou Vislo se eles não estão. Resta saber se sabem que aqui estamos. Resta saber.

Cefas para. Busca perceber de onde vem o assobio. Estará próximo?

— Avancemos — diz.

Seguem por entre as árvores. Vislo os guia evitando as estradas. No abrigo da floresta, avançam mais lentamente, mas possuem a vantagem da proteção maior. Nas estradas, ficariam expostos aos esqueletos vigias.

Novo assobio.

— Creio que vem da frente — fala Cefas. — Melhor eu avançar sozinho. Aguardem aqui.

— Não.

— Olívia, você é a guardiã da chave. Não pode colocá-la em risco.

— Olívia-princesa, Cefas tem razão. Ouça.

Vislo fala. E, nas palavras do fank, ela reconhece o desejo do sábio. O Baixo inibe suas manifestações. Quem sabe não tenha encontrado, através de Vislo, uma forma de falar a ela. *Olívia-princesa*, repete para si mesma. Sim, eles têm razão: deve esperar por Cefas, seu protetor.

Diz o que sabe que tem de dizer, mas vê-lo sumir entre os arbustos lhe traz uma sensação de vazio, de medo. Precisa que Cefas retorne. Precisa que ele lhe diga as palavras que falaria, caso Vislo não tivesse chamado sua atenção para o halo de luminosidade. *Cefas, cuide-se*, murmura dentro de si, na tentativa de acalmar o coração tenso. Aperta o alforje contra o corpo.

No céu escuro, percebem ela e Vislo, que uma esfera luminosa começa a cercar a lua. Espécie de eclipse. A força da Senhora que avança sobre o Baixo. Ouvem movimento entre os arbustos. Alguém se aproxima.

Olívia ergue a lança. A luz que parte da arma funde-se à mão da princesa, faz parte dela. Não mais lutadora e arma, mas um ser só. Por isso, quando um Descarnado rompe a barreira dos arbustos e se depara com a garota procurada por Bizarra, tempo nenhum tem para gritar um alerta. É apenas estupefação. E seus olhos, enquanto sua cabeça rola pelo chão, parecem não crer que é o próprio corpo que veem desabar no solo.

— Eles estão próximos — fala Olívia. — Este devia ser um salteador. Virão outros após ele. Vamos, Vislo. Não podemos mais esperar. Cefas pode estar precisando de nós.

Olívia corre, Vislo a segue.

— Alto — fala a jovem. — Ouça.

O fank para. Escutam vozes. Um riso. Sabem de quem é. Bizarra está próxima. Muito próxima. O coração de Olívia se aperta, pensa em Cefas. *Será?*

Adiantam-se com cuidado. Entre os arbustos, veem uma clareira rodeada de cactos, uma parede rochosa ao fundo. Ouvem novamente o assobio. Olívia ergue os olhos. No alto das rochas, três estátuas de homens-dragão que, aos poucos, vão ganhando vida. Estátuas meio homens, meio animais. Corpos fortes, humanos. Cabeças de feras, garras, asas e longos rabos. A visão daqueles bichos apavora Vislo e Olívia.

— São os dragões de Citar. Estátuas no há muito moldadas pelo povo do Baixo. Acreditavam afastar invasores — explica Vislo. — E agora, sob o domínio do Mal parecem estar.

O toque de pequena flauta nas mãos de Bizarra anima as criaturas de pedra. Uma delas bate as asas. Outra arreganha as ventas e solta uma labareda com cheiro de enxofre. A terceira espreguiça-se.

— Venham, criaturas de pedra, dragões de Citar. Venham servir Celina de Mun.

Gargalha.

Os olhos de Olívia procuram Cefas. Não o encontram. Por onde andará o amigo? Com o dedo frente aos lábios, pede a Vislo silêncio. Quer saber o que Bizarra pretende. Conhecendo seus planos, lutar contra ela será menos preocupante. Todavia, seu pensamento a todo instante foge para Cefas.

Olívia ouve um urro grotesco. Seus olhos, perplexos, veem os três dragões ganharem vida. Animais alados, corpos humanos, garras e dentes enormes nas bocarras rochosas.

De repente, um grito de alerta em voz fraca. Voejando sobre a clareira, Olívia e Vislo enxergam Queno.

— Rainha Bizarra, ali, espiões. O Vislo. A princesa.

Os olhos de Bizarra se estreitam e voltam-se para o local apontado pelo fank.

— Traidor! — exclama Vislo. Mais não pode. A não ser, buscar proteção. Para si e para Olívia. A princesa não pensa. Ergue-se e seus pés buscam afastamento. Vislo voa à sua frente, grita: *Por aqui, por aqui*. Atrás deles, ouvem o tropel dos esqueletos e sua gritaria de guerra.

Correm.

Até que um braço forte enlaça Olívia.

Cefas a puxa para sobre si.

— Segure-se firme — É só o que consegue dizer. De suas patas, depende a segurança deles. Cefas alcança uma estrada de terra vermelha, envereda por ela. Na sua frente, Vislo segue sendo guia. Transpor a fronteira das árvores é desejo maior. Sobre eles, a luz ainda incipiente, é coberta por grotesca sombra.

— Os dragões de pedra — avisa Olívia.

Um dos homens-dragão dá um voo rasteiro, suas garras passam rentes aos cabelos de Olívia. Diante deles, o monstro de pedra dá meia-volta, retorna, as garras pontiagudas apontam para o rosto de Cefas. O centauro recua o corpo e, quando o animal passa rente a ele, enterra com força sua espada incandescente no ventre do bicho. Um urro e o dragão explode, uma chuva de pedras cai sobre a estrada, enquanto a espada de Cefas, como se guiada pela luz que brota do céu, retorna para a mão de seu dono.

Correm.

Os dragões e o exército de Bizarra em seu encalço.

Um segundo monstro de pedra abre a bocarra, a língua de fogo jorra sobre Olívia e Cefas. A jovem ergue sua lança. Escudo refletor a devolver as chamas de onde elas partiram. O bicho ainda recua, mas é tarde. Seu próprio fogo o destrói.

Longo assobio.

O terceiro monstro de pedra desiste da perseguição. Recua e desaparece entre as árvores.

— Vai ao encontro de Bizarra — fala Olívia. — Ela deve tê-lo chamado pelo assobio.

— E agora? — Vislo pergunta.

À frente deles, um grande despenhadeiro. Profundezas, apenas. No outro lado, a estrada de pedras amarelas e o muro de árvores.

— Isso não havia aqui. Despenhadeiro, não? — fala o fank, ainda aturdido pelo abismo que lhes corta o caminho.

— Obra de Bizarra.

As margens do despenhadeiro são rocha lisa, tingida pelo rosa da fusão entre as claridades da lua vermelha e da luz da Senhora Nuvosa. Ao fundo, a floresta, de onde surgem Bizarra e seus seguidores.

Ela ri. Vento a soprar em seus cabelos negros. Olhos vermelhos de fúria e vingança.

— Nos encontramos novamente.

O olhar desliza sobre as margens rochosas, sobre a amplidão do abismo. Param na outra margem.

— Bom cenário para o nosso duelo final, Princesa. As profundezas abissais aguardam os corpos dos inimigos. E dos traidores — Olhos em Cefas. — A hora é da batalha final.

12

A BATALHA DO DESPENHADEIRO

Os olhos de Olívia fitam a mulher. Atrás dela, Rual e os Descarnados. Muitos deles. Lanças nas mãos ossudas, rostos sem expressões, embora as bocas sem lábios murmurem a mesma cantilena ouvida nas grutas. Ao lado de Bizarra, o monstro de pedra aterrissa. Aguardam uma ordem para o ataque.

A princesa desce de sobre Cefas. Às costas, o abismo a impedir que se lancem rumo a Vindor. Só lhes resta a luta.

Cefas saca sua espada.

Olívia retira o alforje, entrega-o a Vislo e segura a lança em frente ao corpo.

— Princesa! — O pequeno fank é surpresa ante a missão que percebe receber de Olívia. Será capaz? Porém, a confiança com que ela lhe entrega o alforje não exige outra atitude que não seja o aceite.

— Caso eles vençam, voe até o outro lado do abismo. E leve a chave a Vindor. Entregue-a ao Sábio, ele saberá o que fazer.

Vislo segura com dificuldade o alforje.

— Serei apenas proteção, Princesa. Não compete a mim atravessar a muralha das árvores, ora. Há proibição.

— Então, Vislo, se algo contra nós ocorrer, leve a chave de volta para o Alto. Lá ela estará segura, até que. — Olívia cala. Recuar significa a libertação das Criaturas do Espelho. E a destruição de Vindor. — Vá, Vislo.

— Tudo dará certo, ora.

O fank voa. O peso do alforje é dificuldade.

— Pegue-o! — grita Celina de Mun, ao ver o fank levantar voo. — A chave está com ele.

O homem-dragão bate as asas e ergue o pesado corpo do chão.

Urra, lança fogo pelas ventas e atira-se atrás de Vislo.

— Cuidado! — alerta Olívia. Olhos no pequeno ser que carrega o alforje. Teme. Não pensou bem antes de entregar a chave ao frágil Vislo. O coração se aperta ao ver o monstro persegui-lo. Agora, tudo está feito. A chave depende do amigo e ela nada pode fazer para mudar isso.

A distância diminui.

Cada vez mais, Vislo se torna presa do dragão.

Então, desiste de lutar e permite-se cair no abismo.

O dragão mergulha atrás dele.

Há uma fresta na parede da rocha, esconderijo pouco, mas o suficiente para abrigá-lo com a chave.

Vislo voa em direção à parede, Olívia vê.

E ao chegar bem próximo dela, ao invés de penetrar na fresta, com esforço, desvia-se, rápido. O homem-dragão, corpo grande e pesado, só se dá conta da estratégia do fank, quando seu corpo rochoso se estatela contra a parede do despenhadeiro. O corpo fragmenta-se em vários pedaços e cai nas profundezas.

— Maldito! — berra Bizarra.

Olívia e Cefas sorriem ao ver o amigo retomar o voo e chegar em segurança do outro lado do abismo.

— Agora, somos apenas nós, Bizarra. — A voz de Cefas é forte, o centauro não titubeia. O momento da batalha é próximo.

Um zumbido forte vem da floresta. Olhares se voltam para as copas das árvores, de onde um grupo de fanks surge. Danira vem à frente. Passam pelo exército de Bizarra, aproveitando-se da hesitação dos inimigos, que não aguardavam aquele acontecimento, e se postam ao lado de Cefas e de Olívia.

— Viemos lutar a seu lado, princesa — diz Danira. — O povo fank, das mais diversas aldeias, lhe jura fidelidade.

— Miseráveis — grita Bizarra. — Que acham que podem fazer? Meu castigo será mais cruel ainda. Aguardem. — Após, volta-se para Rual e anuncia. — Ataquem.

O Capitão levanta a lança de ferro, conclama seu exército à luta.

Marcham.

Os fanks levantam voo.

Cefas e Olívia preparam-se para a defesa. Suas armas se iluminam.

Há breve hesitação dos Descarnados. Que luz estranha é aquela que brota das armas dos inimigos? Porém, o feroz grito de Rual os faz retomar a marcha.

— Destruam os dois! — manda.

Eles avançam. Gritam.

Todavia, uma nuvem lhes perturba a visão. Os fanks, num voejar incessante, rápido, provocam espécie de barreira a tumultuar-lhes o caminho. Os Descarnados esquecem o alvo e põem-se a abanar as mãos, tentando livrar-se do empecilho. Um que outro agita a lança.

— São os fanks. Esqueçam eles. Ataquem — comanda Rual. Ele mesmo destacando-se na frente de seu exército na tentativa de animá-lo ao duelo.

Cefas e Olívia avançam também.

Choque de espada e de lanças.

Bizarra, ao longe, observa a coragem dos inimigos. Sabe que uma força enorme os impulsiona, sabe que seus Descarnados não são páreo para eles, que agem movidos pelo desejo de salvar Vindor. Algo mais será necessário para destruí-los.

Algo mais.

Fanks voejam ao redor da cabeça de dois Descarnados. Confusão. Pés ossudos que tateiam o espaço e sucumbem no vazio do abismo. A lança de Olívia, parte iluminada de seu corpo, é aríete a derrubar os esqueletos. À beira do despenhadeiro, Cefas batalha com Rual. O Capitão, uma lança em cada mão, é oponente raivoso. Quer o fim do centauro. Quer ver aquele corpo de cavalo vertendo sangue.

Raios de luz brotam do sol. Flechas certeiras a enfiarem-se nas cabeças dos Descarnados. Olívia sorri. *A Senhora Nuvosa,* exclama. E, dentro de seu peito, sente o calor do beijo da tia, sente a confiança que ela deposita em si e luta com mais empenho.

Um a um os Descarnados vão sucumbindo.

Bizarra aguarda. Precisa de algo mais para equilibrar a batalha. Precisa.

Olhos de vermelho tornados. A cabeleira solta ao vento e o corpo se espichando em forma de serpente. Garras azuis, voz que entoa canção penetrante, de doer pequenos ouvidos. É uma lâmia: meio mulher, meio cobra. E seu canto é capaz de desnortear, de levar à loucura, como ocorre com alguns fanks que, maravilhados pela transformação, esquecem-se de cobrir os ouvidos. Voam enlouquecidos, se chocam contra as árvores, contra o solo. Caem, asas paradas, na profundeza do despenhadeiro.

Bizarra avança. Olhos em Rual e Cefas. Ri.

— Agora somos nós, Princesa.

Grande salto a coloca diante de Olívia. Seu rabo, feito chicote, arranca da mão da garota a lança. Olívia recua, foge daquele rabo de serpente. Os fanks correm em seu socorro. Porém, Bizarra não se deixa confundir pela nuvem que provocam entre elas. Canta mais alto. Afasta-os com um sopro quente e forte.

Aproxima-se de Olívia. Destruir a jovem será mais um passo em direção ao seu desejo de retorno a Vindor. O momento da vingança maior se aproxima.

— Chegou a hora, Olívia.

— A chave está segura.

— Não diga besteira. É só uma questão de tempo para que eu ponha minhas mãos sobre ela. Você sabe disso.

Olívia abaixa-se, junta uma lança do chão. Bizarra ri.

— Sua coragem não será o bastante para impedir minha vingança.

A lança é proteção diante do peito. Mas não possui a luz da anterior.

— Venha para o meu lado, Olívia. Seremos as rainhas de Vindor.

— Jamais — diz Olívia, entre dentes. — Eu odeio tudo o que você e sua maldade representam.

Bizarra ri. Na beira do abismo, a luta entre Rual e Cefas prossegue feroz, os olhos do centauro em Olívia.

— Eu posso salvar seu amiguinho também. Basta você dizer sim, Olívia. Sim para Celina de Mun.

O coração de Olívia é silêncio. Nada fala. A decisão é sua, sabe. Teme por Cefas, mas sabe que apenas uma palavra pode ser dita.

— Não! — grita. Após, acrescenta, meio pesarosa. — Só lastimo uma coisa, Bizarra. É que meu amigo Ted tenha nascido de você.

Os olhos da lâmia se tornam intrigados. Pergunta.

— Você conhece Ted? Mas claro, seu pai e o pai dele sempre foram amigos. Meu filho Ted.

— Ainda há tempo de você desistir de sua vingança e se reconciliar com ele — diz Olívia.

Bizarra a olha com desdém.

— Você não sabe nada, garota. Nada. Em mim, só há espaço para a vingança.

Rual vê uma das lanças cair ao solo junto com sua mão. Olha para trás e percebe que seu exército está aniquilado. Aquela ajuda do alto não era esperada. As flechas de luz, o calor do sol a entrar nas cabeças de seu exército.

— Desgraçado! — grita e se atira sobre o centauro. A espada de luz, no entanto, não se desvia do alvo, quando Cefas desloca o corpo e a lança contra Rual. O corpo do Capitão rodopia antes de estatelar-se contra o chão rochoso.

Os fanks riem, felizes.

Agora, apenas eles e Bizarra.

Bizarra avança sobre a Princesa ao ver que Rual foi derrotado. Tem de ser ágil. Olívia gira sua lança, busca proteger-se das garras da lâmia.

A criatura avança.

Olívia ouve o grito de Cefas, quando as garras da outra lhe arranham o braço. Lança caída ao chão.

Volta-se para o centauro e vê quando um raio de luz, espada lançada contra Bizarra, voa da mão dele.

Seta certeira conduzida pelo sol.

Buraco de luz que se abre no peito da lâmia, que vomita um sangue azul, e, sem nenhuma palavra, cai ao solo, corpo sem vida. Nova e última metamorfose: apenas Celina de Mun. Vencida. Para sempre.

Cefas corre ao encontro da princesa. Abraça-a. Bom senti-la assim, protegida.

— É o fim — diz ele.

— Não, Cefas. Apenas parte do fim.

Os fanks os cercam. Vislo e o alforje entre eles.

Ouvem uma fraca voz, cheia de temor. É Queno.

— Desculpem, me perdoem, eu sei lá onde estava com a cabeça.

Danira se aproxima do fank.

— O Mal acabou no Baixo, Queno. Veja como o sol substitui a luz vermelha no céu. Agora, Baixo e Alto serão um único território. A claridade da Senhora Nuvosa nos libertou e nos protegerá.

— Sim, sim.

— O reinado de Bizarra acabou graças à Olívia, Cefas e Vislo, seres corajosos que não cederam ao Mal, que souberam escolher o lado certo.

Queno baixa a cabeça. Há arrependimento verdadeiro em suas palavras, sente Danira, porém avisa-o que, ao retornarem à aldeia, ele será julgado e, se for decidido, castigado. Muitos foram os mortos. Muitos também os corajosos, os vencedores.

— Nada mais justo — fala o fank. — Nada mais justo.

Olívia se afasta do abraço de Cefas. Agradece a ajuda dos fanks e anuncia que precisa seguir em sua missão. *Ainda Vindor passa por grande perigo. Preciso chavear o Espelho das Criaturas antes que seja tarde.*

Uma ponte luminosa se estende entre as duas bordas do despenhadeiro. No meio dela, a imagem da Senhora Nuvosa aparece. Sorri. A mão convida: *Vem, Princesa de Vindor. Este é o caminho.*

Olívia acena para os fanks e segue, junto com Cefas e Vislo, até a barreira das árvores.

— Adeus, Princesa Olívia. Ora, ora. Um dia volte, sentirei saudosas saudades.

— Eu também, Vislo. Muita. E obrigada por tudo.

O fank lhe entrega o alforje. Dentro dele, a chave brilha intensa.

Olívia levanta os olhos e encontra os de Cefas postos nela. Brilho de carinho naquele olhar triste, escuro.

— Olívia, eu...

— Fala, Cefas.

Porém, ele nada diz. Apenas toca-lhe o rosto com a ponta dos dedos. Ah, que vontade de pedir que ela fique, que. Aproxima seu rosto do dela, sua boca da dela.

O toque.

Os lábios que se encontram num beijo há muito desejado.

Abraçam-se.

— Vem comigo.

— Não posso, você sabe. Quem é deste mundo não pode ultrapassar a fronteira das árvores.

— Cefas...

— Não diga nada. Eu sei. Ficarei aqui à sua espera.

— Eu volto. Um dia, eu volto.

Ele a beija novamente. Aperta forte a sua mão. Quer deixar aquele contato para sempre na lembrança.

— Vá, princesa Olívia, seu destino a aguarda.

Ela sorri.

Passa a mão no rosto amado.

Sabe que sentirá saudade.

Muita.

Pega a chave, dá as costas e mergulha nas árvores sem voltar-se para trás. Lágrimas. Ah, ela mesma dois corações, mesmo sabendo que Vindor depende dela. Sobe o morro. No alto, a marca com o V, de Vindor.

Pressiona-a.

E seu corpo mergulha no espaço.

Ao abrir os olhos, vê-se na torre mais alta. Os dois espelhos. A janela por onde o pássaro preto entrou a deixa ver as luas em quase perfeito alinhamento.

A chave.

Aproxima-se do espelho.

Desejo de retorno. *Ah, Cefas.*

E permite que seu corpo desabe no chão da torre. Choro e dor.

13

ENCONTRO COM A VERDADE

Olhos que se abrem. Diante dela, o Sábio estende-lhe a mão.
— Olívia-princesa.
Ela sorri.
— Eu consegui, Sábio.
— Ainda não. Precisa lacrar o Grande Espelho da sala escura.

Olívia segura a mão do amigo. Levanta-se. Em seus olhos, um pedido de desculpas pelo desânimo que a fez largar-se ao chão e chorar. Enorme sentimento de solidão a abater-se sobre ela, mal seus pés tocaram a sala da torre mais alta. A ausência de Cefas e a possibilidade de viver num mundo pacífico agora, distante das perfídias de Bizarra e de seu aliado, são convite que a divide. Vindor depende de seu aceite. Embarcou na aventura de enveredar pelo espelho a fim de ser salvação. No entanto, agora, tudo é apenas, e tão somente, dúvida. Sente-se só sem seu pai, sem Cefas.

— A magia do Mal ainda é forte em Vindor, Olívia-princesa. Ela nubla nossos sentimentos. — O sábio volta-se para a janela. — Veja, as luas. Estão próximas do alinhamento.

Olívia aperta a mão do Sábio. Quer ser enfrentamento final. Quer, mais do que nunca, usar a chave e seu poder, inibindo a vontade daquele ser de trevas que vitimou seu pai. Essa é sua missão. Precisa ir até o fim. O Sábio a abriga num abraço e seus corpos vão, aos poucos, desaparecendo. Viagem para a sala escura.

Todavia.

Ao tomarem novamente a forma física, ambos não estão na sala do Grande Espelho. Sobre a cama, o pálido corpo do Imperador. Ao seu redor, seis pares de olhos se erguem ao vê-los surgir do nada: Mia, Vert e Nardo.

— Meu pai — murmura a princesa, enquanto a mão firme do Sábio a impede da intenção. Queria abraçar o pai, queria aconchegá-lo antes da separação definitiva. O Sábio fala dentro dela: *Fomos enganados, Olívia-princesa. A força do Mal obstruiu nosso caminho, confundiu-me. Trouxe-nos para outro destino. Quer impedir que você cumpra sua missão.*

O silêncio de Olívia é interrompido pelas palavras de Mia, que vem ao seu encontro. Pergunta como ela está, procura ser conforto, diz estar sentindo muito também. E a princesa aceita o abraço que ela oferta, vê nas palavras da Rainha o que antes era impossível perceber: sinceridade. Porém, logo a afasta de si. As palavras do Sábio falando do poder do Mal que cresce em Vindor e perturba-lhes a compreensão são alerta. Não quer ser enganada. Não mais.

— Princesa! — exclama o Ministro Vert. — Por onde andava? Serviçais a procuraram por todo o castelo.

— Eu lutava pela salvação de Vindor.

Vert a olha, surpreso. Seus olhos de não entendimento correm pelo rosto de Mia, do Sábio. Nardo, olhos de espanto, pergunta:

— Que diz nobre princesa?

Suas palavras, no entanto, não encontram resposta.

Olívia aperta o alforje contra si e sai correndo do quarto. O Sábio a segue. Os três se olham, meio sem entender o que se passa.

— Essa menina... — Mia não conclui o pensamento. Olhos na porta aberta. Um aperto no peito. Algo, de fato, está fora da ordem. O Imperador morto, a princesa a falar em salvação do Reino.

Nardo observa a porta que se fecha lentamente, como se uma mão a conduzisse. Muitas coisas a ocorrerem naquele palácio, ele pouco entendendo. E, quando nada é clareza, como fazer troça, rir ou brincar? A dor da morte do Imperador ainda negada aos seus súditos. Até quando? A princesa e suas palavras de mistério. Com a cabeça tomada pelas dúvidas, Nardo dirige-se à porta.

— Aonde vais? — pergunta a rainha.

Da porta, o bobo volta-se. Não há em seu rosto a alegria costumeira.

— Algo ocorre, alteza. E creio que devemos agir.

— Temo por Olívia — fala Mia.

Nardo sai. Os olhos de Vert presos em sua nuca.

— Volto logo — diz o Ministro e sai também.

Mia fala que Olívia certamente precisa de sua ajuda

— Faça o que deve ser feito, Vert.

Agora, Mia está só. Apenas ela e o Imperador morto. Caminha até a janela, olha para o alto e vê as luas em alinhamento quase perfeito. Algo, com certeza, aquilo tudo significa. Mas o quê? Atraída por estranhas palavras, levanta os olhos e, na sacada da sala escura, vê alguém. Um ser encapuzado parece rezar insólita oração. Um arrepio percorre o corpo da rainha. Recua para dentro do quarto. Teme pelo futuro do Reino. Teme por si.

E os temores de Mia, embora ela não saiba precisar bem o motivo de senti-los, aumentariam, caso ela tivesse o poder de ver através das paredes. Caso tivesse tal poder, veria que, na sala escura que abriga o Grande Espelho, portal das Criaturas, a princesa Olívia é presença indesejada.

Nada a jovem percebe.

Aquele que se esconde atrás do capuz nota a entrada de alguém. Cessa suas palavras, olhos avermelhados a observar as luas. *Falta pouco, falta pouco*, balbucia dentro de si mesmo. Depois, através das pesadas cortinas, observa quem se aproxima. Olhos que se estreitam. Raiva. *Ela conseguiu retornar.* Não pensa ele em Bizarra, não quer, naquele momento, saber o que ocorreu com sua aliada. Não. Não chegou tão perto de dominar Vindor para perder tempo com isso.

Olívia se encaminha para o Espelho.

A mão invade o alforje e retira a chave.

A chave brilha luz no escuro da sala, reflete o rosto de Olívia no Grande Espelho.

Ela treme, sabe que aquela que a fita refletida na lâmina não é ela, como possa parecer. As Feras são metamórficas, lembra. Assumem a figura daqueles que se põem diante do espelho. E os imitam.

Encosta a orelha no frio da lâmina. Ouve sussurros, desejos de vingança.

Afasta-se. A mão se estende: a missão será cumprida.

No entanto, vê as cortinas que se movem. Vê que detrás delas sai um homem. Grande manto cobre-lhe o corpo, o capuz desaba sobre o rosto ocultando sua face. Ela para. Nas mãos, ele traz o livro antigo.

Olívia o olha firme.

— Então você retornou, Olívia.

Ela nada diz. Onde outrora ouviu aquela voz? Parece-lhe conhecida, mas o timbre da vingança e da maldade a deturpa. Um mal-estar toma conta de Olívia. Conhece aquela criatura. Sim, mas a razão, por mais que tente identificar a voz, falha. Mistura de asco e atração.

Ele avança mais alguns passos. Sabe que precisa impedi-la de girar a chave na lâmina do Espelho. Mas sabe também que Olívia é jovem determinada. Se chegou até ali, não pode subestimá-la. Como enredá-la em sua trama? Como seduzi-la para que a hora se cumpra e as luas se alinhem? Ela a um toque do Grande Espelho. Por mais rápido que seja, não a alcançará a tempo de impedi-la. Outras armas precisa usar: surpresa, sedução.

— Voltei — diz ela.

— Vejo. E acredito, embora, confesso, houve momento que duvidei que poderia vencer Bizarra. Trouxe a chave, então.

Mais um passo diminui a distância entre os dois.

— Não toque no Espelho, Olívia.

— Por que não o tocaria, se foi para isso que enfrentei sua aliada? — Olhos fixos no outro. A mão depositando a chave na lâmina do Espelho. Encaixe perfeito. — Seja você quem for, não será impedimento.

Na porta da sala, o Sábio os observa. O embate entre o Bem e o Mal se desenvolve bem ali na sua frente, e ele nada pode fazer. A princesa precisa vencer sozinha. Nem menina mais sendo, percebe ele nos gestos, nas palavras, na força do olhar com que ela enfrenta o inimigo.

Aquele que se esconde sob o capuz ri.

— Ah, Olívia, se você soubesse, se fosse lembrança... — Seus olhos notam o Sábio. Um simples olhar avermelhado faz brotar vento forte que empurra a porta, lacrando-a. O Sábio, desacordado, jaz atirado sobre o tapete do corredor. — Esse velho nada mais pode. Sou mais forte, Olívia.

— Nada, nunca, será mais forte que o Bem.

— Palavras de efeito. Belas palavras. Mas são apenas isso. Coisas que você se acostumou a ler nos livros. Na vida real, nada valem. Poder algum têm.

Olívia estende a mão. A chave brilha. Toca-a. Um simples girar e o Mal será apartado de Vindor. Ouve roçar de Feras, urros e rosnados do outro lado.

— Pare! — grita ele. Há desespero em sua voz. — Você não pode fazer isso, Olívia. Não pode.

— Posso.

— Não, Olívia, não pode tirar de mim a oportunidade de fazer justiça.

— Justiça? Você pretende destruir Vindor e ousa falar em justiça?

— Vindor castigou Celina de Mun.

— Merecidamente. E o que você, que se oculta atrás desse capuz, deseja não tem nada a ver com justiça. Você, assim como Bizarra, pretende vingar-se. Vingança, sim. E não justiça.

A mão pressiona a chave, brilho de luz. As Feras no dentro percebem o vacilo. Urram, sedentas de libertação.

— Você não pode, Olívia. Por mim, não pode.

— Por você? Quem afinal é você?

Ele cala. Olívia dá uma volta na chave.

— É chegada a hora.

O homem deixa que o livro caia no chão, levanta as mãos e retira o capuz. Sua cartada derradeira.

— Sou eu, Olívia. Eu.

Nos lábios um conhecido sorriso.

A surpresa faz com que a mão de Olívia caia ao lado do corpo. A voz do Sábio dentro de si a gritar: *Gire a chave, gire a chave, Olívia-princesa*, voz que vai num sumido, até virar pequeno lamento, quase nada.

Olívia não crê.

O sorriso. O mesmo sorriso.

Mão que tanto carinho lhe fez.

A mão que se estende, que a chama.

Os olhos, no entanto, não possuem mais a clareza de outrora. São vermelhos, como o céu de Vindor, como o sangue de tantos que sucumbirão caso as Criaturas sejam libertas.

Balbucia:

— Ted.

Ele sorri. O rosto busca ser lembrança de passado.

— O seu Ted, doce Olívia.

— Não creio.

— Acredite no que seus olhos veem. Sou eu. E juntos poderemos governar Vindor para sempre. Basta que me entregue a chave.

Olhos nos olhos dele.

— Olhe — volta-se para a janela. — As luas estão próximas. Logo o Grande Espelho se abrirá. — Ted ri. — E com as palavras certas eles serão sempre submissos a mim. A nós, Olívia.

Aquele não é o seu Ted. Ele não lhe diria palavras como aquelas. Ele não libertaria as forças do Mal. Ele não mataria o Imperador.

— O que você se tornou, Ted?

— Olívia, Olívia. — Ele vê na hesitação da princesa o adiamento necessário para que as luas cumpram seu trajeto e façam o que devem fazer, o que tanto deseja. Se conseguir envolvê-la em suas palavras mais um pouco, apenas mais um pouco, tudo será como ele pretende. Como sua mãe arquitetou.

Diz.

— Eu apenas aceitei o que sempre fui: o filho de Celina de Mun. Aquela que tanto sofreu nas mãos do Imperador, traída pelo próprio marido, apartada do filho. — O rosto assume uma expressão fria, olhos de maior vermelho. — E quando conheci a verdade, quando pude rever minha mãe, percebi que meu lugar era ao lado dela. Era trazê-la de volta, como rainha. Assim ela me fez ver. Assim será. Ela novamente no lugar que merece: senhora de Vindor.

— E para isso, Ted, você que se dizia meu amigo, matou meu pai, traiu seu povo, nossa amizade. Você deixou que o Mal o corrompesse. E se perdeu.

— Não, Olívia, ao contrário. Eu me encontrei. Me descobri forte, poderoso. Você não imagina o que é sentir-se assim. Mas se quiser, pode.

Olhos no rosto da princesa, olhos nas luas, olhos na mão da princesa ao lado do corpo. É essa imobilidade que Ted quer, precisa.

— Ainda há tempo, Ted.

— Tempo para quê? Meu tempo é agora, Olívia. O de Vindor, o de nossos pais já é passado. Quando encontrei o livro, entendi o quanto minha mãe sofreu. Descobri que ela não estava morta. Fui ao seu encontro, queria tê-la por perto, receber seu carinho. E o que descobri, Olívia, foi uma história terrível. Minha mãe encarcerada dentro de um espelho, obrigada a conviver com aqueles esqueletos nojentos. Ela, minha mãe. Ela, que deveria ser uma rainha. Ah, Olívia, você não imagina o que senti ao receber o afago de minha mãe. Meu coração quase verteu sangue quando suas palavras foram me revelando as desgraças pelas quais ela passou, o quanto sofreu, traída pelo homem que amava, apartada de seu único filho. Então, nos unimos para sempre. Nada nem ninguém terá o poder de nos separar novamente. Foi ela que me ensinou as palavras de conjuração às Feras, ela me ensinou o caminho do poder eterno.

Olívia dá um passo ao encontro dele. Ainda é descrença.

— Você foi enganado, Ted.

Desejo de ser afeto, desejo de tomar o amigo em seus braços, como sempre foi, e dizer que o Mal é findo. Agora, juntos, ninguém poderá mais confundi-lo. Porém, vê que Ted nada entende. Bizarra o seduziu para sempre, tomou seu coração onde, quem sabe, a semente da ambição sempre estivera disfarçada. Bastou o convite e ela desabrochou. Criou raízes.

— Ah, Ted — murmura. Aproxima-se novamente do Grande Espelho.

Ele grita, corre ao encontro dela.

Mas é tarde.

A mão de Olívia conclui o giro da chave. Renova por outros milhares de anos o castigo das Criaturas.

— Maldita!

O braço forte a faz desabar no chão. Ted tenta recuperar a chave, mas ela, repleta de luz, queima a mão impura que tenta tocá-la. Missão realizada, a chave desaparece em luz. Retorna a seu lugar de origem: o Alto. Até sabe-se lá quando.

— Você não podia ter feito isso, Olívia.

Ela levanta os olhos e encontra um rosto desconhecido. Não mais apenas a voz se distorce. Aquele não mais o amigo, o primeiro amor. O Ted com quem tantas emoções experienciou. Onde se perdeu ele? Onde seus destinos tomaram rumos distintos? Pergunta:

— Por quê?

Ted se volta para o Grande Espelho. Vê seu corpo, vestido de preto a ser reflexo na lâmina. O vermelho das luas de Vindor em alinhamento é intenso. Invade a sala escura, tingindo-a de sangue. Olívia se ergue, Ted volta-se para ela. Há decepção em seus olhos.

— Ao romper a lâmina do Grande Espelho, eu seria o domador das Feras. Seria soberano, como nenhum outro foi. Eu e minha mãe.

— Celina está morta, Ted.

— Mentira sua — balbucia ele.

O silêncio de Olívia, no entanto, confirma suas palavras.

— Antes mesmo de você encontrá-la, ela já havia morrido para dar vida à Bizarra.

Ted deposita no rosto de Olívia um olhar de raiva. Diria algo, ou faria, caso a porta da sala escura não fosse aberta com estrondo e deixasse passar o Sábio e o ministro Vert. Atrás deles, o corredor se enche de soldados armados. À frente deles, Nardo.

— Meu filho — diz o Sábio, quando a compreensão se faz. Seu coração se abre para a verdade que ficou oculta pelo poder do livro, pela força de Ted no alinhamento das luas. Ele, seu filho. Era ele o provocador de tanto mal. A dor é imensa. Dor que inibe qualquer palavra, qualquer ação.

O Ministro avança, arma em punho. Manda que os soldados invadam a sala, *e prendam esse homem*. Ted corre para a janela, pés no parapeito da sacada. *O que vai fazer?* pensa Olívia, olhos no Sábio pedem obstáculo. A sacada é alta, uma queda representa o fim. Grita.

— Ted!

Ele se volta.

— Até qualquer dia, Olívia.

E deixa que o corpo caia livre no espaço. Corpo que se torna, ante os olhos estupefatos daqueles que correram à sacada, tentativa de impedimento, pássaro negro a alçar voo e desaparecer entre os plátanos.

14

VINDOR VIVE

A mão do Sábio cai pesada sobre o ombro de Olívia, mais sofrimento do que consolo. Não dizem nada, descem as escadas sem dar ouvidos às palavras de Vert que pede explicação sobre o que ocorreu, afinal, na sala escura. *O que Ted estava fazendo lá? Que mal ele praticou contra Vindor?*

A noite cai.

Novo dia nasce sobre Vindor.

No pátio do palácio, sobre a pira, as chamas consomem o corpo do Imperador. Lágrimas e despedida, para sempre. Olívia observa a fumaça que voa em espiral sobre o labirinto.

Saudade.

Mia aproxima-se, segura a mão da princesa. Olívia sorri. Aquele toque as irmana na dor sentida.

Sentada sobre a grama do jardim, Olívia fecha o livro e pensa em Ted. Em que momento terá o amigo se perdido nas artimanhas de Bizarra? Em busca do carinho materno, ele se enredou em teias das quais não mais conseguiu se libertar. *Pobre Ted. Haverá um dia salvação para ele?* Pensa no Sábio. A dor deve ser demasiada. Pensa em Cefas. *Se ele pôde se livrar da sedução de Celina, Ted não poderá também?* Quer crer que sim.

Tênue vento move seus cabelos. No céu, as luas iluminam Vindor.

Clarins e tambores. Alaúza de vozes e risos. À sua frente, o grande trono de veludo amarelo a aguarda. Olívia caminha firme, sorriso nos lábios e olhos que fitam seu povo. Gritos de viva. Pés no tapete vermelho.

Para diante do trono. O ministro Vert fala as palavras devidas.

Ela senta-se.

Sobre sua cabeça, o Sábio, seu guia e mentor, deposita a coroa de ouro e pedras verdes.
— Viva a rainha Olívia!

Abre os olhos. O sonho foi tão real: Cefas a galopar pelas planícies do Baixo, agora tão cheio da luz solar. Sabe o que deve fazer, embora tema que o Sábio não a entenda. Mas precisa.

Veste-se e corre até a sala do trono. Ele sorri ao vê-la chegar e, antes que ela fale qualquer palavra, diz saber o que lhe vai pelo coração.
— Ele a ama, Olívia-rainha.
— Eu sei, Sábio. Por isso, a saudade.
— Forte saudade.
— Imensa.
— Então, vá. Ele a espera.
Olívia abraça o amigo.
— Só não esqueça que Vindor também precisa de sua rainha.
— Não. Não esquecerei.
Depois, é correria. Pés que a conduzem à torre mais alta.
E novo mergulho no espelho.

Caio Riter nasceu em Porto Alegre, onde mora até hoje. É professor, mestre e doutor em Literatura Brasileira. Autor de vários livros, com os quais recebeu algumas distinções literárias, como os prêmios Açorianos, Barco a Vapor, Orígenes Lessa e Selo Altamente Recomendável, entre outros.

Formado em Jornalismo e em Letras, ministra aulas no ensino fundamental e médio, desde 1987, atuando também como professor universitário em cursos de graduação e de pós-graduação.

Participa como palestrante em cursos de capacitação de professores em várias cidades do Rio Grande do Sul, momento bastante rico de troca e de aprendizagem. Todavia, com certeza, ser professor, estar em contato diário com adolescentes, sempre foi e será a melhor escola.

Impressão e Acabamento
Bartira
Gráfica
(011) 4393-2911